काश!
मैं सफल होता से
मुक्ति

काश! मैं सफल होता से मुक्ति - हर काश से मुक्ति

© Tejgyan Global Foundation

All Rights Reserved 2015.
Tejgyan Global Foundation is a charitable organisation with its headquarter in Pune, India.

सर्वाधिकार सुरक्षित

वॉव पब्लिशिंग्ज् प्रा.लि. द्वारा प्रकाशित यह पुस्तक इस शर्त पर विक्रय की जा रही है कि प्रकाशक की लिखित पूर्वानुमति के बिना इसे व्यावसायिक अथवा अन्य किसी भी रूप में उपयोग नहीं किया जा सकता। इसे पुनः प्रकाशित कर बेचा या किराए पर नहीं दिया जा सकता तथा जिल्दबंद या खुले किसी भी अन्य रूप में पाठकों के मध्य इसका परिचालन नहीं किया जा सकता। ये सभी शर्तें पुस्तक के खरीददार पर भी लागू होंगी। इस संदर्भ में सभी प्रकाशनाधिकार सुरक्षित हैं। इस पुस्तक का आंशिक रूप में पुनः प्रकाशन या पुनः प्रकाशनार्थ अपने रिकॉर्ड में सुरक्षित रखने, इसे पुनः प्रस्तुत करने की प्रति अपनाने, इसका अनूदित रूप तैयार करने अथवा इलेक्ट्रॉनिक, मैकेनिकल, फोटोकॉपी और रिकॉर्डिंग आदि किसी भी पद्धति से इसका उपयोग करने हेतु समस्त प्रकाशनाधिकार रखनेवाले अधिकारी तथा पुस्तक के प्रकाशक की पूर्वानुमति लेना अनिवार्य है।

प्रकाशक : वॉव पब्लिशिंग्ज् प्रा.लि., पुणे

प्रथम आवृत्ति : दिसंबर २०१५

Kash! Main safal hota se mukti

by **Sirshree** Tejparkhi

यह पुस्तक समर्पित है

आज की युवा पीढ़ी को,

जो काश के विचारों से मुक्त होकर

नव विकास की ओर अपना कदम बढ़ा रही है।

विषय सूची

प्रस्तावना	काश! मैं काश से मुक्त हो जाऊँ	७
अध्याय १	काश! की कश्मकश	१०
अध्याय २	अवकाश से युक्ति	१३
अध्याय ३	'होता' के बजाय 'है' को पकड़ें	१६
अध्याय ४	दुःख की फैक्टरी को ताला लगाएँ	२०
अध्याय ५	आकाश दृष्टिकोण अपनाएँ	२४
अध्याय ६	काश! मैं सफल होता	२८
अध्याय ७	काश! मैं लड़का होती	३२
अध्याय ८	काश! मैं लंबा होता	३५
अध्याय ९	काश! लोग हरदम मुझे अच्छा कहें	३७
अध्याय १०	काश! मैं माँ का लाड़ला होता	४०
अध्याय ११	काश! मैं सुंदर होता	४२
अध्याय १२	इच्छाओं से योग्य मुक्ति, करें काश की छुट्टी	४५
अध्याय १३	उच्चतम लक्ष्य प्राप्ति का साधन - प्रबल इच्छा	५०
अध्याय १४	'काश मैं' से मुक्ति ध्यान	५४
अध्याय १५	पहला सवाल	५७
अध्याय १६	दूसरा सवाल	५९
	तेजज्ञान फाउण्डेशन की जानकारी	६० - ६४

5

प्रस्तावना

काश! मैं काश से मुक्त हो जाऊँ

एक बार की बात है काम, क्रोध, मद, लोभ, मोह और मत्सर नामक मन के विकारों का सम्मेलन हुआ। युगों-युगों से वे मानव मन पर साम्राज्य करते आ रहे हैं और इंसान को गुलाम बनाकर रखने का मज़ा ले रहे हैं। यह साम्राज्य टिकाए रखने के लिए ही उन्होंने बैठक बुलाई थी।

क्रोध ने कहा, 'पृथ्वी पर समस्त मानव जाति पर हम छह सदस्यों का वर्चस्व है, बस कभी-कभी राम भक्त उत्पात मचाकर, लोगों को हमारे विरुद्ध भड़काते हैं, उसी की हमें खबरदारी रखनी है। यदि मानव अपने मन से हमें बाहर निकालने में सफल हो जाए तो हमारा अस्तित्व खतरे में पड़ सकता है। फिर हमारे लिए कोई काम ही नहीं बचेगा। अतः हमें सावधान रहना चाहिए।

बाकी के विकारों ने इस पर अपनी सम्मति प्रदर्शित की। अहंकार ने पूछा, 'हमें अपने आप को बचाए रखने के लिए क्या करना चाहिए?'

'इसी का हल निकालने के लिए हम सब यहाँ एकत्रित हुए हैं। अब ज़रा ध्यान से सुनिए, 'हमारे जैसा ही एक और सदस्य है, जो हमारे साथ जुड़कर हमें मदद कर सकता है। अब से हम सिर्फ छह नहीं बल्कि सात सदस्य होंगे। यदि हम साथ-साथ यह काम करें तो उस एक राम पर विजय प्राप्त कर सकते हैं, जो हम पर भारी पड़ सकता है। कहो, क्या आप सभी को मंजूर है?' क्रोध ने सबकी ओर देखते हुए पूछा।

'वह कौन है?' सभी ने एक स्वर में पूछा।

'वह है 'काश....'। हमें अपने साथ 'काश' को शामिल करना है ताकि इंसान 'काश' के कश लगाता रहे और कभी भी हमारी माया से मुक्त न हो सके। 'काश' से उसका दिन शुरू हो और 'काश' से ही समाप्त हो। 'काश' कुछ देर और सो सकूँ से 'काश' रात खत्म ही न हो... चलता रहे। इस तरह 'काश' की आदत उसके जीवन के हर क्षेत्र में असर डालेगी और वह अपने हर कार्य में 'काश' का अवरोध डालता रहेगा। इससे हमारा काम आसान हो जाएगा।' बड़े ताव से क्रोध ने कहा।

सभी इस बात पर खुशी-खुशी सहमत हो गए। मन के विकारों ने अपने-अपने साथ 'काश को जोड़ लिया। और तभी से इंसान 'काश' के जाल में फँसा हुआ है।

काम	–	काश! स्वर्ग के सुख और मनोरंजन, मनोहरी रुप धरती पर मिलते।
क्रोध	–	काश! एक ही पल में मैं अपने दुश्मनों का सफाया कर पाता।
मद	–	काश! पद और प्रतिष्ठा में मुझसे आगे कोई न निकल पाता।
लोभ	–	काश! मैं विश्व का सबसे दौलतमंद इंसान होता।
मोह	–	काश! मेरा बच्चा अव्वल नंबर पर आता।
मत्सर	–	काश! मैं दुनिया की सबसे खूबसूरत स्त्री होती।

आज 'काश' ने हर एक के जीवन में उत्पात मचा रखा है। इस 'काश' के कारण ही इंसान असंतुष्टि और अस्वीकार से घिरा जीवन जी रहा है। साथ ही 'काश' इंसान को वर्तमान में नहीं रहने देता।, कल्पना विलास में गुम कर देता है।

बच्चे भी इस 'काश' की दुनिया में रहते हैं लेकिन काश के साथ वे दुःख महसूस नहीं करते। जैसे 'काश... मैं हवा में उड़ पाता, पानी पर चल पाता... काश... मेरा चॉकलेट का घर होता, परियाँ आकर मुझे कहानी सुनाती आदि। लेकिन बड़े होने के बाद इंसान काश के साथ दुःखद भावना पाल लेता है। जैसे, पड़ोसी की तरह मेरे पास भी लंबी-चौड़ी कार होती... बड़ा बंगला होता... एक अदद फार्म हाउस होता... आदि।

यह सब न होने के कारण वह निराशा में गोते लगाता रहता है और अपने जीवन लक्ष्य से बहुत दूर निकल आता है।

'काश' के विचारों में उलझकर इंसान अंतहीन इच्छाओं की पूर्ति में लगा रहता है। एक इच्छा पूरी होने के बाद दूसरी इच्छा जागती है, इस तरह यह सिलसिला कभी नहीं टूटता। मनचाहा पाकर भी उसे संतुष्टि नहीं मिलती। असंतुष्ट रहना उसकी आदत बन जाती है। लेकिन इंसान यदि अपने वास्तविक स्वरूप को जान जाए तो वह कहीं पर भी, किसी भी हाल में संतुष्टि का आनंद ले पाएगा।

आज 'काश' की चपेट में आकर इंसान के मन में चल रही कश्मकश कुछ इस हद तक बढ़ गई है कि अब वह उससे निज़ात पाने के लिए प्रार्थना करने लगा है कि 'काश... मैं इस काश से मुक्त हो जाऊँ... तो चैन पाऊँ।' तो समझिए... आपकी प्रार्थना फलित हो गई है। यह पुस्तक इसी का नतीजा है। इसे पढ़कर आप काश... नहीं, निश्चित तौर पर 'काश' से मुक्त हो जाएँगे।

धन्यवाद... !

अध्याय १
काश! की कश्मकश

आप सबका आकाश की कश्ती में सहर्ष स्वागत है। आपको इस बात का आश्चर्य हुआ होगा... शायद हँसी भी आई होगी कि भला आकाश की कश्ती कैसे हो सकती है? क्योंकि तार्किक मन इस बात को समझ नहीं पाएगा। किंतु ऐसा ही है और आप सभी को इस कश्ती में सवारी करने हेतु निमंत्रण भी दिया जा रहा है। यदि आपको इसमें सवार होकर आकाश की सैर का आनंद उठाना है तो पहले अपने मन को 'न मन' बनाएँ।

आकाश से यदि 'आ' अक्षर को निकाल दिया जाए तो शेष बचता है 'काश'। जिसके कारण इंसान जीवन में हर मोड़ पर नकारात्मक तरीके से कार्य करता है। यकीन न आए तो स्वयं से पूछें, 'मेरे जीवन में कहाँ-कहाँ पर काश की कश्मकश चल रही है?' यदि आप अपने जीवन को गौर से देखें तो आपको 'काश' की एक लंबी सूची दिखाई देगी। 'काश! मेरे पास पैसा होता... काश! मैं सुंदर होता... काश! मेरी बीवी पढ़ी-लिखी होती... काश! मेरे बच्चे मेरा कहा मानते... काश! मेरे मन-मुताबिक कार्य होते... काश! मुझे पढ़ाई नहीं करनी पड़ती... काश! मुझे अच्छी नौकरी मिलती... काश! कभी परीक्षा ही नहीं होती... काश! मैं जिसे चाहती थी, उसी से मेरी शादी होती... काश! मुझे विदेश जाने का मौका मिलता... काश! मैं सफल होता'✻ इत्यादि।

इस तरह बात-बात में इंसान 'काश!' की डूबती कश्ती में सवार हो जाता है। जो बातें वर्तमान में नहीं हैं, उनकी चाहत में अपने जीवन को निराशा से भर देता है। ऐसे में उसे सोचना चाहिए कि काश के चक्कर में फँसकर, कहीं वह अपने भीतर के आकाश (स्वअनुभव) को यानी अपनी आंतरिक शांति को भंग तो नहीं कर रहा है।

✻सफलता की परिभाषा जानें अध्याय ६, पृष्ठ संख्या २८

यदि इंसान आकाश की कश्ती में सफर कर रहा है तो मुमकिन है कि उसकी नैया सांसारिक मोह-माया से पार हो जाए लेकिन 'काश' की कश्ती में सफर करने पर ऐसा नहीं होगा। इसलिए आपको अपने जीवन में झाँककर मनन करने की आवश्यकता है कि आप 'काश' को कब और कितना महत्त्व दे रहे हैं एवं वह आप पर कितना नकारात्मक असर डाल रहा है? आप 'काश' से जुड़ी निराधार इच्छाओं के लिए उच्चतम आनंद खो रहे हैं तो क्या यह उचित है? क्या यह महँगा सौदा नहीं है? इस विषय पर पूरी स्पष्टता पाने के लिए गहराई से मनन करें।

'काश, मैं लड़की न होकर लड़का होती तो कितना अच्छा होता!' यह हर उस लड़की की चाहत होती है, जिसे लगता है कि हर जगह लड़कों को लड़कियों से ज्यादा महत्त्व दिया जाता है। ज़रूरी नहीं कि हर लड़की लड़का होना चाहे लेकिन कई लड़कियों के मन में इस तरह का विचार उठता है। सभी जानते हैं कि इस तरह के बदलाव मुमकिन नहीं हैं। फिर भी वे काश के विचारों में गोते लगाते रहते हैं।

यह तो एक उदाहरण था। जीवन के ऐसे कई पड़ावों पर इंसान के मन में काश के विचार आते रहते हैं। ऐसे में उन्हें खुद को स्पष्ट रूप से यह समझाना होगा कि 'जहाँ पर इस तरह का परिवर्तन संभव नहीं है, वहाँ पर काश..! कहकर अपने आनंद को त्यागना उचित नहीं है।' बेहतर यही है कि इंसान अपने 'काश' के नकारात्मक विचारों और उनके दुष्प्रभावों से अवगत हो जाए ताकि उसे फिर कोई भी विचार कभी भी दुःखी न कर पाए।

हर दिन स्वयं का अवलोकन करें कि आपके अंदर ऐसे कितने 'काश' हैं, जो आपको अपने आकाश रूपी आनंद से वंचित कर रहे हैं, उन्हें जल्द ही ढूँढ़ निकालें। यदि आपने इन बातों पर मनन किया तो संभवतः आप हमेशा के लिए 'काश!' से मुक्त होकर आगे का विकास कर पाएँगे। मात्र इतना ही नहीं बल्कि स्थूल या सूक्ष्म हर तरह के 'काश' के विचारों को समाप्त करने की कला सीख जाएँगे। यह कला सीखना अत्यंत महत्वपूर्ण है क्योंकि आगे जब कभी भी आपके मन में 'काश' के विचार उठेंगे तब आप उन्हें तुरंत ही विलीन कर पाएँगे।

किसी को मछली पकड़कर देना और किसी को मछली पकड़ना सिखाना, ये दोनों अलग बातें हैं। मछली पकड़कर देने से इंसान को मात्र एक वक्त का खाना मिलेगा और उसके बाद उसे वापस भोजन की ज़रूरत पड़ेगी। ऐसे में यदि उसे मछली पकड़ना सिखाया जाए अर्थात उसे आजीविका प्राप्त करना सिखा दिया जाए तो वह खुद ही यह कार्य करता रहेगा। फिर उसे किसी पर निर्भर रहने की आवश्यकता नहीं होगी। यही बात दुःख के साथ भी लागू होती है। लोगों को दुःख से मुक्त करने के बजाय, उन्हें दुःख से मुक्त होने की

कला सिखाना अधिक श्रेयस्कर है।

अब तक आपने जाना कि इंसान को 'काश' का विचार किस प्रकार हताश कर देता है। यदि एक 'काश' का विचार होता तो उससे छूटना आसान होता। परंतु इंसान के जीवन में अनेकों काश होते हैं, जो उसे दुःख देते रहते हैं। आइए, इसे एक और उदाहरण द्वारा समझने का प्रयास करते हैं।

स्कूल में बच्चों को बहुत सारे विषयों पर निबंध लिखने के लिए कहा जाता है, जिनमें से एक विषय कल्पनाशक्ति का भी रहता है। जैसे- 'काश! मैं प्रधानमंत्री होता... काश! मैं धनवान होता... काश! मैं दुनिया का सबसे बड़ा तैराक होता...' इत्यादि। इन विषयों पर निबंध लिखने से बच्चों को अच्छे अंक प्राप्त होते हैं। परंतु जीवन में ऐसे काश! को संजोए रखेंगे तो दुःख ही मिलेगा।

उपरोक्त उदाहरण से समझनेवाली बात यह है कि जीवन में आज भी काश! से यदि आपको अच्छे अंक मिल रहे हैं तो उसे अपने पास ज़रूर रखें। मगर इस काश से यदि आप आनंद लेने में फेल हो रहे हैं अर्थात आपके जीवन में दुःख ही पास हो रहा है तो इसे अपने पास रखने की आवश्यकता नहीं है! अतः अपने आपसे पूछें, 'क्या अभी भी मैंने काश के कुछ दुःख पाल रखे हैं?'

स्कूल के दिनों में 'काश' जैसे विषय पर आप आनंदित होकर निबंध लिखते थे। मगर वास्तविक जीवन में 'काश' से आपको दुःख ही मिलेगा। अकसर आपने लोगों से काश की कथा सुनी होगी। 'काश! मैं अमेरिका में या किसी और देश में पैदा हुआ होता... काश! मेरे जीवन में भी गाड़ी-बंगला होता...।'

ज़्यादातर बहुएँ अपनी सास के लिए काश का दुःखभरा गीत गाते रहती हैं कि 'काश! मेरी सास की भी सास होती तब उन्हें पता चलता कि बहू पर क्या बीत रही है...?' उसी तरह बहू के लिए सास की भी हमेशा शिकायतें रहती हैं, 'काश! मेरी बहू गऊ होती, पड़ोसी की बहू कितनी सुशील है, कुछ भी कहो, कितने भी ताने मारो, कुछ बोलती ही नहीं। मेरी बहू का तो देखो हमेशा कुछ न कुछ कहने के लिए मुँह खुला ही रहता है।'

उपरोक्त उदाहरणों को पढ़कर आप भी अपने आपसे पूछें कि आपने 'काश' से जुड़े कौन-कौन से विषयों पर निबंध लिखकर रखे हैं या अभी भी लिख रहे हैं ताकि उनसे मुक्त जीवन का आनंद लिया जा सके।

अध्याय २
अवकाश से युक्ति

सभी के पास अपने-अपने 'काश' से संबंधित शिकायतें रहती हैं। आपको इस पर गहराई से मनन करना है कि आपके 'काश' कौन-कौन से हैं? इंसान का ध्यान जिन बातों पर सबसे ज़्यादा रहता है, उसी से संबंधित विचार उसे आते रहते हैं। जैसे सास का ध्यान बहू पर रहता है तथा बहू के विचारों में सदा सास ही उमड़ती-घुमड़ती रहती है, जिससे दोनों का जीवन उसी दुःख में सीमित होकर रह जाता है। बाकी सब कुछ छोड़कर एक-दूसरे के बारे में उठनेवाले शिकायत के विचार उन पर हावी होकर, उन्हें सताते रहते हैं। यदि उन्हें समझ मिली और दोनों ने मन में पक्का ठान लिया कि 'अब हमें इन काश के दुःखों से मुक्त होकर आनंदित रहना है' तो उस परिवार में प्रेम, आनंद और मौन की ही अभिव्यक्ति होगी।

इसी समझ के आधार पर हर परिवार में पति-पत्नी तथा बच्चे मिलकर आपस में एक संवाद मंच तैयार करें। ताकि वे एक-दूसरे से बातचीत द्वारा अपनी समस्याओं का हल घर में ही ढूँढ़ निकालें। परिवार में हरेक को एक-दूसरे से बहुत सी अपेक्षाएँ रहती हैं। जैसे पत्नी को अंग्रेजी न आती हो तो उसके पति की यही चाहत होती है कि 'काश! मेरी पत्नी को भी अंग्रेजी आती तो कितना अच्छा होता।' उसे अपने बच्चों से भी इच्छा रहती है कि 'काश! मेरे बच्चे मेरा कहा मानते' इत्यादि। लोग आपस में मिलकर बातचीत के द्वारा यदि संवाद मंच स्थापित करें और इन मसलों के समाधान प्राप्त कर पाएँ तो परिवार में प्रेम, आनंद और शांति आ सकती है।

सही तरीके से किए गए आपसी वार्तालाप के द्वारा बहुत सारी बातें सामने आती हैं। उनकी एक-दूसरे के बारे में बनाई गई मिथ्या धारणाएँ और अनुमान टूटते हैं। लोग एक-दूसरे को बेहतर समझने लगते हैं। मगर इंसान को सही वार्तालाप करने की कला

मालूम नहीं होती। अतः वह चुप रहकर या गलत संवाद करके जीवन में बहुत कुछ खो देता है और इस बात का उसे पता भी नहीं चलता। बेहतर संवाद मंच बनाने के लिए परिवार के साथ बातचीत करने से पहले इंसान को खुद के साथ बातचीत करनी चाहिए और अपने रिश्तों के हर पहलू पर मनन करना चाहिए। यदि उसे रिश्तों के सभी पहलुओं पर पूरी स्पष्टता है तो ही वह दूसरों को अच्छे से सुन पाएगा, समझ पाएगा और उन्हें भी स्पष्टता दे पाएगा।

स्कूल के दिनों में ज़्यादातर बच्चे बे-बुनियाद कल्पनाओं की उड़ानें भरते रहते हैं। वे ऐसी अनोखी बातें सोचते रहते हैं, जैसे- 'काश! मैं पंछी होता... काश! मैं एक ऊँचा पहाड़ होता...।' इस तरह से छोटी उम्र से शुरू हुई काश की उड़ान धीरे-धीरे इतनी ऊँची होने लगती है कि उनके बड़े होने पर भी कभी बंद ही नहीं होती। वह उनकी आदत में शुमार हो जाती है। वे काश की अनगिनत कथाएँ बनाना सीख जाते हैं। बड़े होने पर वही कथाएँ उनके दुःख का कारण बनती हैं।

लोगों के 'काश' छोटे या बड़े हो सकते हैं किंतु यदि वे आपके भीतर दुःख के भाव जाग्रत कर रहे हैं तो ऐसे 'काश' का कोई लाभ नहीं है लेकिन आपको उनसे खुशी मिल रही है तो उन्हें अपने पास रखने में कोई हर्ज नहीं है। यह आप पर निर्भर करता है कि आपको कौन से 'काश' रखने हैं और कौन से त्यागने हैं। 'काश' को मापने का सही मापदंड आपकी दुःखद या सुखद भावना है।

कई लोगों को डॉक्टर करेला खाने की सलाह देते हैं। जिन्हें करेले की कड़वाहट पसंद नहीं आती, वे चाहेंगे कि डॉक्टर उन्हें आईसक्रीम जैसी कुछ मीठी चीज़ें खाने की सलाह दें। अर्थात अपनी-अपनी पसंद के अनुसार इंसान के काश बदलते रहते हैं। बच्चा सोचता है, 'काश! ईश्वर ने सारे विटामिन्स आईसक्रीम में ही डाल दिए होते तो कितना बढ़िया होता।' ऐसे कई सारे उदाहरण आपने अपने आस-पास देखे होंगे।

इस तरह सोचने में कोई हर्ज नहीं है, इंसान अपने आनंद के लिए जो भी सोचना चाहे सोच सकता है, बशर्ते वह अपने विचारों से खुद को दुःखी न करे। ईश्वर ने अपनी मूल-निराकार (शून्यता) अवस्था से पृथ्वी पर इंसान (आकार) का निर्माण किया। ईश्वर स्वयं को जानना चाहता था इसलिए उसने इंसान के रूप में जन्म लिया। अपने आपको जानकर ईश्वर सोचना चाहता था, निर्माण की हुई सारी चीज़ों को अनुभव करना चाहता था, उनका स्वाद लेना चाहता था, अपने गुणों को अभिव्यक्त करना चाहता था। यदि ईश्वर की लीला देखकर आपके अंदर आश्चर्य के भाव उठ रहे हैं, उसकी स्तुति में सराहना निकल रही है और उसी की अभिव्यक्ति के लिए आपके कार्य चल रहे हैं तो इंसान की सकारात्मक विचार शक्ति को पंख प्रदान किए जाते हैं। ताकि वह जिस दिशा में सोच रहा

है, वह उसकी चरम सीमा तक पहुँच जाए।

जब आप अपने आस-पास नज़र डालेंगे तो समझ में आएगा कि कितने लोगों के द्वारा इस उद्देश्य को पूरा किया जा रहा है। इस पृथ्वी पर लोग मोह-माया में खो गए हैं, हर जगह अंधी दौड़ चल रही है। दूसरों की देखा-देखी सभी एक-दूसरे के पीछे भाग रहे हैं। उन्हें ऐसा लग ही नहीं रहा है कि 'कहीं रुककर इस बात पर मनन करें कि 'ये सब क्या चल रहा है, क्या यही लक्ष्य लेकर हमने पृथ्वी पर जन्म लिया है?'

पृथ्वी पर बच्चा पैदा हुआ नहीं कि कुछ दिनों बाद वह अपने आस-पास सभी को दौड़ते-भागते हुए देखता है। थोड़ा बड़ा हुआ तो वह भी सोचता है कि 'हर कोई दौड़ रहा है तो इस दौड़ में मैं भला क्यों पीछे रहूँ? मुझे भी इस संसार की रेस में दौड़ना चाहिए।' और जो ऐसा नहीं सोचता उसे उसके माँ-बाप, आस-पासवाले ऐसा सोचने पर मजबूर कर देते हैं क्योंकि उनके लिए जीवन का यही मतलब होता है। अतः वह भी चाहे-अनचाहे अंधे घोड़े पर सवार होकर, उसी दौड़ में शामिल हो जाता है। ऐसे में वह क्या करने आया था और क्या कर रहा है, इस बात का उसे अंदेशा ही नहीं होता। जब तक उसके जीवन में उस दौड़ पर विराम नहीं लगता तब तक दौड़ का सिलसिला जारी ही रहता है।

आकाश की तरफ जाने के लिए यानी स्वयं को जानने के लिए आपको इस दौड़ से अवकाश लेना पड़ेगा। अपने व्यस्त जीवन से कुछ समय निकालकर इस बात पर मनन करना होगा कि 'इस संसार में हम किस उद्देश्य को लेकर आए हैं?' अवकाश के समय में आपको अपने पृथ्वी लक्ष्य से संबंधित विचार करने होंगे। जब तक आपने ऐसे अवकाश की अवधि प्राप्त नहीं की तब तक आपकी 'काश' से मुक्ति संभव नहीं है।

आमतौर पर लोगों की रुचि अपने आस-पड़ोस, देश-दुनिया की खबर जानने में होती है। इसके लिए वे अपना बहुत सा समय टी.वी. देखने, अखबार पढ़ने, फोन पर बातें करने और गप्पे लगाने में बरबाद कर देते हैं। परंतु इस तरह के समाचार से उनके जीवन में किसी भी प्रकार का बदलाव नहीं आता। उलटा लोगों के मन में नकारात्मक विचार, डर तथा अनावश्यक बातें आ जाती हैं। वे अज्ञानवश उन बातों को सत्य मानकर उनका भयपूर्ण चिंतन करते हैं, जिससे उनके जीवन में भी वे गलत बातें एवं घटनाएँ आकर्षित हो जाती हैं। जिसके परिणामस्वरुप बाद में अफसोस करते हैं कि 'मेरे जीवन में ऐसा क्यों हुआ... ऐसा नहीं होना चाहिए था... काश! जैसा मैं चाहता था, वैसा ही हुआ होता।' ऐसे समय पर ज़रूरत है कि आप थोड़ा रुकें, अवकाश लें, परिस्थिति को पूरी तरह समझ लें। फिर उसमें उचित सुधार लाने हेतु अपने अंदर जमा हुआ नकारात्मक विचारों और मान्यताओं का पुराना कूड़ा-करकट विलीन करने का प्रयास करें।

अध्याय ३

'होता' के बजाय 'है' को पकड़ें

आपने किसी न किसी घटना में स्वयं को या किसी और को यह कहते सुना होगा कि 'काश! उस समय मैंने अपने परिजनों की बात मानी होती तो आज मुझे शराबी पति की मार न खानी पड़ती... काश! मैंने समय रहते पढ़ाई की होती तो आज मैं फेल नहीं हुआ होता' इत्यादि।

हर इंसान के शब्दकोश में 'काश! अगर ऐसा होता...वैसा होता...' जैसे शब्द भरे पड़े रहते हैं। जबकि 'होता' बे-पेंदी के लोटे समान है, जो कभी भी स्थिर नहीं रहता और यहाँ-वहाँ लुड़कता रहता है। यदि इन शब्दों का प्रयोग इंसान के जीवन में बार-बार हो रहा है तो उसे सचेत हो जाना चाहिए। अर्थात अपने शब्दों पर गौर करें और ऐसे शब्दों को दोहराकर अनावश्यक दुःखों को न्योता न दें। जिस तरह तालाब के शांत पानी में पत्थर फेंकने से उसमें तरंगे उठती हैं, उसी तरह शांत मन में चलनेवाला 'काश' का एक विचार भी उसकी शांति को भंग कर देता है। इसीलिए कहा जाता है, 'जो बीत गई वह बात गई- बीती बातों पर क्या अफसोस जताना।' अर्थात भूतकाल के 'होता' में गोता लगाने के बजाय, वर्तमान के 'है' पर ध्यान दिया जाए तो भविष्य बेहतर होगा।

कुछ लोग सोचते हैं, 'बाल कितने लंबे होने चाहिए, बालों की संख्या कितनी होनी चाहिए?' पाँच करोड़, दस करोड़, एक करोड़, एक लाख, एक सौ?'

इसका सीधा सा जवाब है, 'आज की तारीख में जितने बाल हैं, उतने ही होने चाहिए।' कुछ लोगों को ऐसे जवाब पसंद न भी आए क्योंकि वे अपने दृष्टिकोण को ही अधिक महत्त्व देते हैं तथा उसे बदलना नहीं चाहते हैं। ऐसे लोगों के मन में हरदम 'काश' के विचारों की कश्मकश चलते रहती है।

जैसे एक इंसान खुद को आइने में निहार रहा है, यदि उसे एकाध सफेद बाल दिख जाए या उसके बाल गिर रहे हों तो उन्हें देखकर उसे तनाव आ जाता है।

यहाँ पर यह समझ रखनी महत्वपूर्ण है कि 'आज की तारीख में जितने बाल हैं या जितने सफेद होने चाहिए उतने हैं।' अब यदि कंघी में कुछ बाल टूटकर गिर भी जाएँ तो उस इंसान को तनाव नहीं आएगा। वह यही कहेगा कि 'कल तक इन बालों की ज़रूरत थी, आज नहीं है' यानी बाल कितने होने चाहिए? जितने हैं। कितने बाल सफेद होने चाहिए? जितने अब हैं। वरना जो बाल सिर से निकल आए हैं, उन्हें दोबारा चिपकाने या सिर पर नए बाल उगाने के चक्कर में लोग ज़िंदगीभर परेशान होते रहते हैं।

जब इंसान के जीवन में उसके किसी अपने नज़दीकी रिश्तेदार की मृत्यु होती है तब उसे बहुत दुःख होता है। उसे लगता है, 'काश! इसकी मृत्यु नहीं हुई होती तो बहुत अच्छा होता। इसके बदले मेरे बॉस की मृत्यु हुई होती, वह कितना बुरा आदमी है... मेरी सास गुज़र गई होती, इनकी तो उम्र हो चली है, ये क्यों नहीं मरते? इन्होंने ज़रूर कौए की हड्डी या गिद्ध का मांस खाया होगा' आदि। अब जरा सोचें, जिन रिश्तेदारों का पृथ्वी का जीवन समाप्त होने का समय आ गया है, उन्हें इंसान अपने अज्ञान और स्वार्थ के कारण व्यर्थ में ही जीवन के साथ गोंद लगाकर चिपकाने की कोशिश में लगा हुआ है और यही उसके दुःख का कारण है।

अतः खुद से पूछें, 'मेरा जो प्रियजन गुज़र गया है, उसे याद करने में क्या मुझे आनंद आ रहा है?' अगर इस सवाल का जवाब 'हाँ' है तो कोई दिक्कत नहीं है। मगर दुःख हो रहा है तो समझना चाहिए कि यह कुदरत के द्वारा दिया गया संकेत है। कुदरत अपने तरीके से आपको बता रही है कि आप अज्ञान में कुछ पकड़ने की चाहत में अपने आनंद को दाँव पर लगा रहे हैं। आइए, इस आशय को एक चुटकुले द्वारा विस्तार से समझते हैं।

एक लड़का दुकान से हर रोज़ गिलास में तेल खरीदकर लाता है। वह अपनी आदत अनुसार हर बार दुकानदार से कहता है कि 'ऊपर से थोड़ा और तेल डालो।'

एक बार दुकानदार ने गिलास में पहले ही पूरा तेल भर दिया कि 'देखें, आज यह लड़का क्या कहता है?' अपनी आदतवश उस दिन भी लड़के ने दुकानदार से कहा, 'थोड़ा और तेल डालो।' दुकानदार ने पूछा, 'कहाँ डालूँ, गिलास तो पहले से ही पूरा भरा हुआ है?' इस पर लड़के ने झट से गिलास उलटा कर दिया और गिलास की पेंदी में जो नीचे थोड़ी सी जगह रहती है, उसमें तेल डालने के लिए कहा।

इस तरह के इंसान को क्या कहा जा सकता है! उस लड़के ने 'थोड़ा और... थोड़ा

और...' पाने की चाहत में अपना सारा तेल गँवा दिया। कहने का तात्पर्य है कि इंसान ज़्यादा पाने की चाहत में जो है, उसे भी दाँव पर लगाकर अपना सब कुछ गँवा देता है। उसे दिखता ही नहीं कि वह क्या खो रहा है।

इस चुटकुले से आपको तुरंत समझ में आ गया होगा कि लड़का 'गोबरगणेश' यानी मूर्ख है।

यहाँ पर 'हाथ आया पर मुँह न लगाया' कहावत सही साबित होती हुई दिखती है। अर्थात अत्यधिक पाने के लालच में जो है, वह भी हाथ से चला जाता है। ठीक इसी तरह इंसान भी अपनी बेतुकी बातों और निराधार इच्छाओं के चलते असली खुशी से दूर होकर, अपना आनंद खो देता है और इसे ही अपनी नियती मानकर बैठ जाता है। जिस इंसान को वास्तविक आनंद का महत्त्व पता है और जिसे अपने साथ हो रही घटनाओं पर कपटमुक्त होकर खोज करने की आदत है, वही जान सकता है कि उससे कहीं न कहीं बहुत बड़ी गलती हो रही है, जो उसके दुःख का कारण है। कारण सामने आने पर उसका तेजसमझ से निवारण भी हो सकता है।

एक बेचारा इंसान बालों के गिरने की परेशानी से चाहता है कि सिर के टूटे हुए बाल फिर से जुड़ जाएँ। कोई सुनेगा तो कहेगा, 'इसमें बुराई क्या है?' यदि इससे उच्चतम आनंद मिल रहा है तो कुछ भी बुराई नहीं है। वह अपनी बे-सिर-पैरवाली चाहतों से भी जी भरकर आनंद लूट सकता है। मगर यदि ऐसी काशवाली चाहत से परेशानी हो रही है, दुःख हो रहा है तो जल्द से जल्द उन्हें छोड़ देने में ही भलाई है। वरना समझ के अभाव में 'काश' से आनेवाले दुःखों का सिलसिला अंत तक चलता ही रहेगा।

जिसे बालों से संबंधित समस्या है और वह उसका दुःख मना रहा है तो वही उसकी परेशानी का सबसे बड़ा कारण होता है। किसी को स्वास्थ्य की समस्या है, किसी को रिश्तों को लेकर तो किसी को पैसों की तकलीफ है तो समझें कि आपकी शिकायत में ही उसका समाधान छिपा हुआ है। आवश्यकता है सिर्फ उसे मनन और खोज द्वारा ढूँढ़ने की। वरना समाधान के अभाव में इंसान 'काश' से शुरू होनेवाली शिकायतों को जारी रखता है।

यदि आप किसी पार्टी में अच्छे कपड़े पहनकर, सज-धजकर जाते हैं तो आपकी दिली चाहत यही होती है कि आप सबसे अलग और सुंदर दिखें।, जिनके पास जा रहे हैं, उनकी शानो-शौकत में कोई कमी न आए। ऐसे में अगर आपके बाल सफेद हो गए हैं तो काले करके जाएँ, इसमें कोई दिक्कतवाली बात नहीं है। मगर सफेद बाल आने

पर यदि आपको तनाव आए तो इसका अर्थ है कि आप काश में अटककर दुःखों को आमंत्रित कर रहे हैं।

आइए, इसे 'काश' के अन्य उदाहरणों द्वारा समझने की कोशिश करते हैं।

देखें, आपके जीवन में स्वर्ग-नरक से संबंधित कौन से काश चल रहे हैं? जैसे- काश! मैं हज़ कर आता तो जन्नत का टिकट पक्का हो जाता... काश! मैं काशी में पैदा हुआ होता तो स्वर्ग मिल जाता...काश! मेरे बेटी के बजाय बेटा पैदा होता, जो मेरे मरने के बाद पिंडदान करता तो मुझे सद्गति मिल जाती।'

हर तरह हर धर्म और संप्रदाय से संबंधित अनेकों मिलते-जुलते 'काश' लोगों के जीवन में दिखाई देते हैं। जिनसे मुक्ति का समय आ चुका है।

अध्याय ४
दुःख की फैक्टरी को ताला लगाएँ

कुछ लोगों के जीवन में ऐसे भी 'काश' होते हैं, जो अचानक इंसान के मन में उभर आते हैं। जैसे, 'काश! मेरा सुर अच्छा होता तो मैं भजन गाता। बाकी लोग गा सकते हैं, मैं नहीं गा सकता।' यहाँ पर समझनेवाली महत्वपूर्ण बात यह है कि सुरों को अच्छे-बुरे में विभाजित करेंगे तो आप सुरों का आनंद लेने से वंचित रह जाएँगे।

प्रकृति की हर आवाज़ में संगीत रचा-बसा हुआ है। सोचिए, यदि संसार में कोई आवाज़ ही नहीं होती तो जीवन कैसा होता! लोगों को कोयल की आवाज़ मीठी लगती है, झरनों के बहने की, कलकल की आवाज़ आनंददायी तथा मनोरम लगती है। परंतु लकड़ी की चरमराहट, मेंढक का टर्राना और झींगुर की चिरमिर का लोग आनंद नहीं ले पाते। क्योंकि लोगों ने ऐसी मान्यता बना ली है कि 'फलाँ-फलाँ आवाज़ ही सुरीली है और फलाँ-फलाँ नहीं।' यह कहकर इंसान ने बहुत सारी आवाज़ों को बेसुरा मान लिया है और वे आवाज़ें जीवन में जब-जब सुनाई देती हैं तब-तब इंसान मान्यताओं के अनुसार दुःख मनाता रहता है। जैसे- कुत्ते के रोने की आवाज़ को कुछ लोग अपशगुन से जोड़कर देखते हैं। ऐसा कुछ सुनते ही उनके मन में गहरी नकारात्मकता छाने लगती है कि 'ज़रूर कुछ बुरा होनेवाला है।' यदि ऐसी आवाज़ के पीछे की मान्यता हटा दी जाए तो उन्हें पता चलेगा कि परेशान या दुःखी होने का कोई कारण ही नहीं है बल्कि जो होगा अच्छा होगा, यह भाव रखना चाहिए।

कुछ बातों को अस्वीकार करके इंसान अपने ही पाँव पर कुल्हाड़ी मार लेता है। ऐसे में कुल्हाड़ी इतनी छोटी सी दिखती है, लगता है उसका वार बहुत छोटा होगा। परंतु छोटा ही सही पर वार तो वार ही होता है। जो इंसान उसे झेलता है, उसे ही पता चलता है। वैसे

देखा जाए तो इंसान मच्छर के काटने का मामूली सा दर्द भी बरदाश्त नहीं करना चाहता। अगर वह चाहता तो उसके काटने को स्वीकृति देकर अपनी तकलीफ कम कर सकता था।

कहने का अर्थ है कि लोगों को कुछ विचार बहुत परेशान करते रहते हैं। खासकर बारिश के दिनों में जब मेंढक टर्र-टर्र की आवाज़ करते हैं या रात में कुत्ते जोर से भौंकते हैं। ऐसे में लोगों को यदि नया दृष्टिकोण मिल जाए कि यह धुन सुरीली है तो उन आवाज़ों का भी आनंद लिया जा सकता है।

इसी तरह अगर कुदरत की हर आवाज़ को ध्यान से सुनेंगे तो उसमें आपको मधुर ध्वनि ही सुनाई देगी। मगर इंसान ने न ही कभी रुककर इस ध्वनि पर मनन किया होता है और न ही उस सुर को कभी गौर से सुना होता है। यदि वे यह सत्य जान जाएँ कि पशु-पक्षियों की बोली में भी मधुर धुन, लय और ताल छिपे होते हैं, उनके गीतों को सबसे महान गीतकार (ईश्वर) ने अपने सुरों से सजाया है तो उनके आश्चर्य और आनंद का ठिकाना नहीं रहेगा। साथ ही उनके अंदर परेशानी या शिकायत जैसी बातें उठेंगी ही नहीं।

बहुत से लोगों को अपनी आवाज़ से संबंधित शिकायत रहती है कि 'मेरी आवाज़ अच्छी नहीं है।' जबकि होना यह चाहिए कि हर कोई अपनी आवाज़ को पसंद करते हुए कहे, 'हमारी आवाज़ जैसी है, वैसी बहुत अच्छी है। ईश्वर ने संसार में जितनी भी आवाज़ें बनाई हैं, हम उन सभी आवाज़ों को पसंद करना चाहते हैं, सभी धुनों का मज़ा लेना चाहते हैं।' इसके पीछे की समझ कहती है, अगर एक आवाज़ को स्वीकार किया और बाकी सभी आवाज़ों को अस्वीकार किया तो आपको ये सभी छोटी-छोटी बातें तकलीफ दे सकती हैं। इसलिए खुद से कहें, 'मेरी आवाज़ कैसे होनी चाहिए – जैसी है।'

जैसे, नींद में खलल डालनेवाले खर्राटों की आवाज़ किसी को भी पसंद नहीं आती। लेकिन कल्पना कीजिए, अगर हॉस्पिटल में किसी मरीज को दवाइयाँ खाने के बावजूद भी नींद नहीं आ रही है तब परिस्थिति कितनी बदल जाती है! मरीज के रिश्तेदार तथा डॉक्टर परेशान हो जाते हैं कि 'किसी तरह इस बेचारे को नींद आए ताकि वह जल्दी से ठीक हो जाए।' फिर जब मरीज को नींद में खर्राटे लेते हुए देखते हैं तब हॉस्पिटल के सभी लोगों तथा रिश्तेदारों को सुकून और आनंद मिलता है।

तात्पर्य- खर्राटों की आवाज़ जो कुछ लोगों को अप्रिय एवं कर्णभेदी लगती है, वही किसी और के लिए प्रिय बन जाती है। वैसे ही एक चीज़ जो एक परिस्थिति में लोगों को तकलीफ देती है, वही किसी अलग परिस्थिति में अच्छी लगती है। इसका अर्थ यह हुआ कि किसी बात का अच्छा या बुरा लगना, यह उस पर निर्भर नहीं है बल्कि सिर्फ

और सिर्फ आपके स्वीकारभाव पर निर्भर करता है। यदि इंसान परिस्थितियों के बदलने का इंतज़ार करने के बजाय अपना नज़रिया बदले तो सारे अवरोध-प्रतिरोध खुद-ब-खुद समाप्त होने शुरू हो जाएँगे।

किसी को भी अवरोध पसंद नहीं आता है। अवरोध निकल गया तो वही घटना आनंद का कारण बनती है। अतः बाहर चाहे कितना भी शोर क्यों न हो, स्वीकार करते ही इंसान के भीतर चल रहा द्वंद बंद हो जाता है। ऐसे में वह मीठी नींद सो पाता है वरना दूसरे दिन भी वे ही शिकवे-शिकायतें चलती हैं कि 'कुत्तों के भौंकने, झींगुर की आवाज़ और मेंढक के टर्राने की आवाज़ से रातभर मैं सो नहीं पाया, सारी रात करवटें बदलता रहा।'

अब समय आया है कि इंसान खुद से सवाल करे, 'क्या मैं ऐसा जीवन चाहता हूँ, जहाँ किसी और के बेसुरे होने पर मुझे तकलीफ हो रही है, मैं क्यों बेकार में अपना आनंद खो रहा हूँ?'

आज ये बातें आपको कितनी भी छोटी क्यों न लगती हों लेकिन यह विषय काफी गहरा है। इसके साथ आपको स्वीकार भाव से जुड़े हुए कई और पहलू भी समझ में आएँगे। इसलिए इस विषय पर गंभीरता से मनन करना महत्वपूर्ण है। वरना इंसान अपने जीवन में दुःखों की फैक्टरी का ही उद्घाटन कर देता है। हर छोटी-छोटी बात को अस्वीकार करके वह अपने भीतर अनगिनत युद्ध लड़ता रहता है। उदा. 'फलाँ आवाज़ सुरीली है', कहकर उसने दूसरी आवाज़ों को बेसुरा करार दे दिया। अर्थात उसने दुःख की फैक्टरी का उद्घाटन कर दिया और इसका उसे पता भी नहीं चला।

सराहना करने के लिए किसी आवाज़ को सुरीला कहना अलग बात है। मगर 'यही एक आवाज़ सुरीली है, ऐसी ही आवाज़ होनी चाहिए', यह मान्यता है। जैसे किसी की यह इच्छा होती है कि 'काश! मेरी भी आवाज़ ऐसी होती', यहाँ पर उसे बताना ज़रूरी है कि उसका यह कहना भी उसके जीवन में अवरोध डाल रहा है। उसका तुलना करनेवाला मापदंड ही गलत है। यही बात अनुभव के साथ भी लागू होती है।

शरीर की तराजू पर लोग अनुभव (सच्ची खुशी) को नापते हैं। जबकि यह अनुभव उनकी मान्यता से आया हुआ अनुभव है। उनके मतानुसार यदि शरीर हल्का-फुल्का लग रहा है यानी खुशी का एहसास हो रहा है और अगर शरीर भारी लग रहा है यानी अनुभव नहीं है। यह गलती ९९.९ प्रतिशत लोगों से होती है। वे शरीर को ही नापने का पैमाना मान लेते हैं। जिस दिन शरीर पर अनुभव को ढूँढ़नेवाला विचार खत्म हो जाएगा तब आप बहुत आसानी से अनुभव को जान पाएँगे। जिसके फलस्वरूप 'मैं कौन हूँ' जानने का कार्य

तीव्र गति से शुरू हो जाएगा।

इसके विपरीत दुःख की फैक्टरी का उद्घाटन कर दिया तो उसकी शाखाएँ भी बनती जाएँगी। अज्ञान के रहते इंसान यह बात कभी भी समझ नहीं पाता। वह तो शान से हरेक को बताता है कि 'मुझे हर तरफ से दुःख ही मिल रहे हैं।' मानो कह रहा हो कि 'मुझे हर जगह से ईनाम मिल रहा है।'

जब इंसान कहता है, 'ऐ, काश कि हम होश में अब आने न पाएँ।' इसका अर्थ यह हुआ कि वह होश में आना ही नहीं चाहता है। जबकि होश में आए बगैर कथाएँ समाप्त होंगी ही नहीं। इंसान को तुरंत होश आए ताकि उसे पता चले कि उसने काश की कौन-कौन सी कथाएँ बनाई हैं, जिनसे उसे दुःख आता है। दुःखों की फैक्टरी का उद्घाटन करने से पहले ही इंसान सजग हो जाए कि ऐसी फैक्टरी को न तो आगे बढ़ाना है, न ही चलाना है। उद्घाटन करने से पहले ही उसकी समाप्ति कर डालें। दुःख की फैक्टरी में हमेशा के लिए ताला लगा दें।

अध्याय ५
आकाश दृष्टिकोण अपनाएँ

हर घटना को हेलिकॉप्टर के (उच्च) दृष्टिकोण से देखें एवं खुद को याद दिलाएँ कि 'काश' या उससे मिलते-जुलते शब्दों से दुःख का ही निर्माण होता आया है और होता रहेगा। जबकि 'आकाश को काश' की ज़रूरत नहीं है इसलिए काश को छोड़कर, आकाश से यानी निराकार, असीम, अनंत से नाता जोड़ें। आपको आकाश के प्रति दृढ़ता नहीं आई है इसलिए आपको हेलिकॉप्टर के दृष्टिकोण से देखने के लिए कहा जाता है। यदि हेलिकॉप्टर से उसी घटना को देखेंगे तो आपका जीवन और बेहतर होगा। मनन की कमी की वजह से इंसान कभी इस तरह सोच ही नहीं पाता। परिणामतः उसने अपने लिए आसान सा 'काश' का रास्ता खोज निकाला। अब समय आया है कि सारी बातों पर नए ढंग से पुनःर्विचार किया जाए।

एक बार भूख से बेहाल राहगीर जंगल से गुज़र रहा था, पास ही लगे हुए बेरी के पेड़ से उसने एक छोटा सा बेर तोड़कर खाया और कहा कि 'इतना छोटा सा बेर! पेट ही नहीं भरा, काश! पेड़ पर तरबूज उगते तो कितना अच्छा होता।'

अगले ही क्षण उसके सिर पर एक बेर आ गिरा और उसके दिमाग की बत्ती जल उठी कि 'अच्छा है तरबूज पेड़ पर नहीं उगते। यदि उगते तो मेरे सिर का क्या हाल हुआ होता!'

कुछ लोगों को तुरंत ऐसे सबूत मिलते हैं, कुछ को बहुत सालों के बाद मिलते हैं और कुछ को तो मृत्यु उपरांत पता चलता है कि 'पृथ्वी पर मिले जीवन में हमने क्या खो दिया।' वे अपने बीते जीवन की बातें याद करते हुए कहते हैं, 'जब हम ज़िंदा थे तब हम अपने जीवनरूपी प्रसाद का आनंद ही नहीं ले पाए, उसमें भी हमने कंकर ही ढूँढ़े।' कई

लोग सोचते हैं, 'ऐसा हुआ होता तो ज़्यादा बेहतर हुआ होता।' मगर कोई भी इंसान ऐसा निश्चित तौर पर नहीं कह सकता इसलिए जब भी 'काश' आए तो नए सिरे से मनन करें।

एक कौए ने किसी इंसान के ऊपर बीट (शरारत) कर दी। तब उस इंसान ने मन ही मन सोचा, 'अच्छा है, गाय नहीं उड़ सकती वरना सिर पर गोबर पड़ता।'

खैर, यह तो एक चुटकुला था मगर कभी-कभार चुटकुले भी झकझोरने का कार्य करते हैं। कुछ लोगों को यह बात तुरंत समझ में आ जाती है। अतः आगे के जीवन का आनंद लेने हेतु आपके लिए भी यही बेहतर है कि आपको यह बात जल्दी समझ में आए तो कहा जाएगा, 'जब तू जागे तभी सवेरा।'

तात्पर्य– सब कुछ सही तरीके से चल रहा है। उड़नेवाले उड़ रहे हैं, जमीन पर रेंगनेवाले रेंग रहे हैं। उनमें बदलाव लाने की चाहत में आपको ही तकलीफ होनेवाली है। इसलिए बेहतरी इसी में है कि खुद में बदलाव लाने का प्रयास करें। अपने अंदर ढूँढ़े आप कौन-कौन से 'काश' को पकड़कर बैठे हैं, उनसे खुद को तुरंत मुक्त कर दें। जैसे :

काश! मैं खुश होता

काश! मैं प्रधानमंत्री होता

काश! मैं सफल होता

काश! मैं लड़का होती

काश! मैं अंग्रेजी में बात कर पाती

काश! मैं मॉडेल होती

काश! मैं किसी बड़े ओहदे पर होता

काश! मैं रचनात्मक होती

काश! मैं हमेशा छोटी ही रहती, बड़ी न हो पाती

काश! मैं घर में सबसे बड़ी होती

काश! मैं दुनिया का सबसे अमीर इंसान होता

इनके अतिरिक्त आपके कुछ काश! अभी भी बाकी हैं तो उन्हें यहाँ लिखकर, उनसे मुक्ति पाने की ठान लें।

आकाश की कश्ती दुःखों के भवसागर को पार करवाती है, इसके विपरीत 'काश' की नैया इंसान को डुबोती है। अतः यह न सोचें कि 'काश' से आनंद मिलता है। यदि आपको काश से आनंद मिलता तो आकाश सूना रह जाता, वह हमें दिखता ही नहीं।

सोचें, अगर आकाश से प्रेम है तो वह सूना क्यों रहे? अपनी खुली छटा को बिखेरे हुए वह हमेशा से जैसा है, वैसा ही रहे। हम उसकी विशालता का आनंद लें। आकाश की कश्ती में यात्रा करने पर आजू-बाजू में जो दिखेगा उससे आपको डूबने का कतई डर नहीं लगेगा। यदि डर लग रहा है तो यह मंत्र दोहराएँ,

'अब कोई भी 'काश' मुझे छू नहीं सकता...
आय एम गॉडस् प्रॉपर्टी, नो काश कैन टच मी।'

देखें, आज तक हम क्या-क्या सोचते आए हैं और उससे हमें क्या मिला? सबसे महत्वपूर्ण बात याद रखें कि आप जो हैं, वह हैं इसलिए आपकी खुशी की पूरी संभावना है। आप पृथ्वी लक्ष्य प्राप्त करने आए हैं, जिसे कुछ और बनकर पाना संभव नहीं था, अब इसकी दृढ़ता बढ़े।

आपको इतनी खुशी मिलने जा रही है क्योंकि आप वह हैं, जो हैं वरना कुछ और बनने के चक्कर में आप अपनी खुशी को ही दाँव पर लगा देते हैं। वास्तव में आप जो हैं, उसी में ही संभावना ढूँढ़ें वरना कुछ और बनने के चक्कर में आप अपनी संभावना भी खो देंगे। अवकाश लेकर इस बात पर मनन करें। यदि आपको 'काश' की कथा सता रही है तो उसे सताने न दें। जिस तरह सिगरेट का कश लगातार लेने से कैन्सर होता है, उसी तरह 'काश' का कश लेने से मत्सर होता है, जो एक तरह का विकार ही है। जिस प्रकार नफरत, द्वेष जैसे विकार होते हैं, उसी प्रकार 'काश' को भी विकारों में गिना जा सकता है।

आपको मनन के द्वारा खोज करनी है, अपने अंदर खुदाई करनी है, अपने अंदर खुदा की खोज करनी है। खोज के दौरान पता चलेगा कि 'अपने आपको मैं ऐसा क्या मानकर बैठा हूँ, जो मेरे दुःख का कारण बन रहा है? मैंने कभी वापस पलटकर खुद से पूछा ही नहीं कि मैं कौन हूँ।' जैसे एक इंसान को बचपन में पीला रंग बहुत पसंद था, बड़ा होने

के बाद उसने कभी खुद से पूछा ही नहीं कि 'अब मुझे कौन सा रंग पसंद है?'

तात्पर्य- बचपन में खुशी या दुःख के जो भी फॉर्मूले बन गए, बड़े होने के बाद उन पर हमने कभी रुककर विचार ही नहीं किया। इन बातों पर पुनः विचार करना होगा क्योंकि अब संदर्भ ही बदल गया। पहले-पहल इंसान किसी अन्य बिंदु से देख-परख रहा था इसलिए उसने अच्छे-बुरे का फॉर्मूला बना लिया था। लेकिन संदर्भ बदलते ही सब कुछ बदल जाता है। अपने केंद्र बिंदु से देखने पर किसी प्रकार भी अस्वीकृति नहीं रहती बल्कि स्वीकार के साथ ईश्वर के लिए 'तुम्हें जो लगे अच्छा, वही मेरी इच्छा' जैसे उद्गार बड़ी आसानी से निकलते हैं।

ऐसे लोग ही निःसंकोच धारा प्रवाह में कपटमुक्तता के साथ दिल की बात बोल देते हैं और उन्हें बहुत मज़ा आता है। उनके मन में ऐसी बातें नहीं आती कि 'काश! कौआ कोयल की तरह गाता, मेंढक सुर में टर्राता, झींगुर की आवाज़ झंकार जैसी होती' आदि।

कहने का अर्थ है कि आनंद अपने आप में परिपूर्ण है। आपको यदि आनंद आ रहा है तो इससे बेहतर और क्या हो सकता है। आनंदित लोग ही निःस्वार्थ होकर निर्माण का कार्य कर पाते हैं। ऐसे निर्माण कार्य की कल्पना शब्दों में नहीं की जा सकती। लेकिन इंसान को पहले इस बात पर यकीन नहीं आता।

एक शिक्षक अपने विद्यार्थी की सराहना करता है कि 'तुम होशियार हो।' परंतु विद्यार्थी को पहले विश्वास नहीं होता क्योंकि वह खुद को दूसरों से कम ही आँकता है। वह खुद को अयोग्य समझता है। हालाँकि शिक्षकों को भली-भाँति मालूम होता है कि उससे पहले भी हर तरह के विद्यार्थी आ चुके थे और आज वे कितनी बड़ी संभावनाओं तक पहुँच गए हैं। शिक्षक अपना अनुभव बता रहा होता है कि 'पहले भी ऐसे बच्चे आए थे, जिन्हें कुछ भी नहीं आता था लेकिन आज वे बड़ी ऊँचाइयों को छू रहे हैं, आज उन्होंने खुद को बड़े-बड़े ओहदों तक पहुँचाया है।'

इसी तरह गुरु भी अपने शिष्य की संभावनाएँ देख पाते हैं। शिष्य को इस बात पर यकीन नहीं आता। वह अपने 'काश' में अटका होता है। क्योंकि उसके अंदर स्वीकार भाव नहीं है तथा इसी अस्वीकृति के चलते उसका प्रदर्शन भी खुलकर नहीं हो पाता। ऐसे में सबसे पहले उसे अपने मन से अस्वीकार भाव को निकाल बाहर करना होगा। फिर उससे सृजनात्मकता के कार्य होने शुरू हो जाएँगे। बाकी सारी चीजें जैसे- पैसा, रिश्तों में प्रेम, स्वास्थ्य, आनंद इत्यादि स्वतः ही आनेवाला है।

अध्याय ६

काश! मैं सफल होता

'काश! मैं सफल हुआ होता', यह वाक्य बहुतों की दुखती रग है। इसमें सफलता का अर्थ अलग-अलग तरह से लगाया जाता है। कई लोग धन कमाने को सफलता मानते हैं तो कई नाम कमाने को। कई पद-प्रतिष्ठा को तो कई रिश्ते निभाने को सफलता मानते हैं। जीवन के किसी न किसी पहलू में इंसान पूर्णता महसूस नहीं कर पाता इसलिए 'काश' उसके साथ चिपका ही रहता है।

कुछ लोग ऐसे भी दिखेंगे जो भौतिक सुख-सुविधाओं से संतुष्ट हैं। ऐसे लोगों को तो यह अध्याय खास तौर से पढ़ना चाहिए क्योंकि वे जान पाएँगे कि अब तक वे जिसे सफलता मान रहे थे, वह सच्ची सफलता नहीं है।

विश्व में बहुत कम लोगों को पता है कि सच्ची सफलता क्या होती है। ऐसे लोग ही असफलता से आज़ादी का आनंद मना पाते हैं। यह पुस्तक पढ़कर आपको भी वही आनंद लेना है और जिन्हें यह आनंद मिला है, उनके साथ शामिल होना है।

जब आपका जीवन सहजता से चलता है तब आपको इस बात का एहसास ही नहीं होता कि आप नकली सफलता में खुश हैं, जो अस्थाई है। मगर जब आनंद को पछाड़कर समस्याएँ, डर, दुःख आपके जीवन में प्रवेश करते हैं तब आपको एहसास होता है कि आप सफल नहीं हैं। अतः आपको जीवन-चक्र के पीछे छिपे असली उद्देश्य यानी अंतिम सफलता को समझना है।

सफलता यानी सिर्फ रोज का जीवन चलाना ही नहीं है बल्कि उसके साथ-साथ आनंद लेते हुए सत्य की खोज भी है। सत्य जानने के बाद ही जीवन में सफल फसल

मिल सकती है। सत्य अनुभव करने के साथ जो आनंद मिलता है, उसके बाद ही 'हम सफल हुए', ऐसा कहा जा सकता है। मगर सत्य क्या है यही इंसान को पता नहीं होता।

सत्य आपके अंदर ही है और सदा से आपके पास है। इसे जानकर ही आपकी मान्यताएँ टूटती हैं, आप अपने डरों से बाहर आते हैं, आपकी समस्याएँ एक साथ विलीन हो जाती हैं।

लोगों की दृष्टि से सफलता की परिभाषा है- नाम, शोहरत, पैसा, शानदार बंगला, गाड़ी, उच्च पद होना, अमेरिका में रहना, अमीर दोस्त होना इत्यादि। इनके बिना जीवन को असफल करार दिया जाता है। हकीकत में देखा जाए तो ये केवल सफलता की मान्यताएँ हैं। इसे एक उदाहरण द्वारा समझें।

भारतीय खिलाड़ी सचिन तेंदुलकर क्रिकेट मैच में जब चौका लगाता है तो भारत के लोग तालियाँ बजाते हैं। इनमें से यदि एक इंसान को सम्मोहित (हिप्नोटाईज) करके, उसके दिमाग में बिठा दिया जाए कि वह पाकिस्तानी है तो सचिन के चौका लगाने पर वह उदास हो जाएगा। हालाँकि पहले वह ताली बजा रहा था, अब रोने लगेगा। ऐसा इसलिए हुआ क्योंकि सिर्फ उसकी मान्यता बदल दी गई कि वह भारतीय है। इस बात से समझ में आएगा कि आपके मन ने सफलता की परिभाषा को अपने तरीके से समझा है। यदि आप सफलता का असली अर्थ समझ जाएँगे तो आपके जीवन से 'काश' का काँटा भी निकल जाएगा।

दुनिया में सभी लोग सफल होना चाहते हैं। हर एक को सफलता की तलाश है मगर सफलता की तलाश तब खत्म होती है, जब हृदय में संपूर्णता की भावना का निर्माण होता है। सफलता की तलाश तब खत्म होती है, जब इंसान वह कार्य कर गुज़रता है, जिसे करने के लिए वह पृथ्वी पर आया है। यही है संपूर्ण सफलता, जो आपका स्वभाव है और विकास स्वाभाविक प्रक्रिया है।

दूसरों के हिसाब से सफलता और पूर्णता की परिभाषा अलग है। जब आप काम को निर्णय लेकर निश्चित करते हैं और उसे शुरू करके पूर्ण करते हैं तब आप सफल हैं। यही सफलता आपको संतुष्टि का आनंद देती है। इसे ऐसे समझें जैसे आपने कारपेन्टर यानी बढ़ई बनना निश्चित किया और आप बढ़ई बन गए तो आप सफल हैं मगर दूसरे लोग नहीं कहेंगे कि आप सफल हैं। वे आपको कहेंगे, 'तुम्हें डॉक्टर या इंजीनियर बनना चाहिए था।' यह उन्होंने आपके बारे में निश्चित किया था इसलिए वे संतुष्ट नहीं होंगे मगर आपने अपने लिए जो निश्चित किया और आप वह बन पाए तो आप सफल हैं।

सफलता की तलाश पूरी करने के लिए लक्ष्य निश्चित करें और अपने आपको काबिल बनाएँ। जिस क्षण आप सफलता के योग्य बन गए, समझ लीजिए सफलता खुद चलकर आपके दरवाज़े पर दस्तक देगी। सफलता की तलाश या आनंद की तलाश, आनंद के द्वारा आनंद के लिए है। आपने जीवन में कितना आनंद लिया वही सफलता का पैमाना है। सब पाकर भी यदि आप अंदर से दु:खी रहे तो असफल रहे, बिलकुल उस इंसान की तरह जो जीतकर भी हार गया।

एक बार एक इंसान ने एक साथ दो शतरंज के खिलाड़ियों को शतरंज खेलने की चुनौती दी। उसने कहा कि वह उन दोनों खिलाड़ियों से एक साथ शतरंज खेलेगा और कम से कम एक खिलाड़ी से ज़रूर जीतेगा। फिर उन दो महारथियों के साथ उसने शतरंज खेलना शुरू किया। दोनों तरफ बाज़ी बिछाई गई और बीच में परदा रखा गया। वह अकेला दोनों के साथ एक ही समय पर खेल रहा था और वह एक महारथी से बाज़ी जीत गया। यह कैसे संभव हुआ? तब उस इंसान ने बताया कि उसने एक महारथी को पहले बाज़ी खेलने के लिए कहा और दूसरे को कहा कि वह पहले बाज़ी खेलेगा। जब पहलेवाले ने घोड़े की चाल चली तब उसने वही चाल दूसरी तरफ के खिलाड़ी के साथ चली। पहलेवाले ने जो जवाब उसे दिया, वही जवाब उसने दूसरे खिलाड़ी को दिया। इस तरह वह दोनों के साथ खेलता रहा और एक खिलाड़ी से जीत गया।

इस उदाहरण से लगता है कि उस इंसान ने बुद्धि का कितना बढ़िया इस्तेमाल किया मगर सवाल यह उठता है कि वह इंसान शतरंज के खेल में कितना कुशल हुआ? उसका शतरंज के खेल में कितना विश्वास बढ़ा? इस तरह बाज़ी खेलने के बाद भी क्या वह पूरी तरह से खिल-खुल पाया?

जब तक लोगों को सफलता का असली अर्थ नहीं समझता तब तक सफल होकर भी वे दु:खी जीवन ही जीते हैं। जब तक इंसान अपने आपको नहीं जानता तब तक सफलता उससे दूर ही रहती है। जिस क्षण वह अपने आपको जान जाएगा, समझ लीजिए कि उसी क्षण सफलता उसके नज़दीक होगी।

एक समय होता है, जब इंसान आनेवाले कल से सबसे नज़दीक होता है यानी कि रात के ग्यारह बजकर उनसठ मिनट और उनसठ सेकण्ड पर वह आनेवाले कल के सबसे नज़दीक होता है। जैसे ही एक सेकण्ड बीतता है, उसी क्षण वह आज में प्रवेश करता है। सफलता भी ऐसी ही है, जिस क्षण आपने अपने आपको जाना, अपने अंदर की शक्तियों को पहचाना, अपने विचारों को सही दिशा में लगाया, कुदरत के द्वारा दिए हुए वरदान का फायदा उठाया, उसी क्षण आप सफल हो चुके। वरना कई लोग ऐसे हैं जिनकी लक्ष्यपूर्ति

की यात्रा सफल नहीं होती है, वे आधे रास्ते में ही यात्रा छोड़ देते हैं क्योंकि वे अपने आप पर विश्वास नहीं कर पाते। लोगों के द्वारा दिए गए नकारात्मक विचारों से उनका आत्मविश्वास खो जाता है।

कुछ लोग ऐसे होते हैं जो सफलता के नज़दीक पहुँचते हैं परंतु अपने अंदर की वृत्तियों, गलत आदतों (पैटर्न्स) के कारण उच्चतम अवस्था के नज़दीक पहुंचकर भी उसे पा नहीं सकते।

कुछ लोग ऐसे भी होते हैं जो सफलता पाते हैं, स्वअनुभव की झलक तक प्राप्त करते हैं मगर 'आगे क्या' ऐसे सवालों में उलझकर सत्य अनुभव को खो देते हैं। वे वर्तमान का आनंद नहीं ले पाते हैं और भविष्य के बारे में ही सोचते रह जाते हैं।

ऐसे लोगों के उदाहरण से एक बात स्पष्ट होती है कि इनके पास एक बात नहीं थी, जो उन्हें सफलता का आनंद दे सकती थी। वह है अंतिम सफलता की समझ। यदि अंतिम सफलता की समझ आपको प्राप्त हो जाए तो आप पहले से ही सफल हैं।

सफलता मन की भाव-दशा है। मन में यदि सफलता का विश्वास हो तो यह विश्वास का भाव सफलता को आपकी ओर खींच लाएगा। सफल इंसान आंतरिक स्थिति और बाहर की परिस्थिति में आवश्यक परिवर्तन लाने के लिए सदा कार्यरत होता है। वह कठिनाइयों, समस्याओं को सुलझाने का तरीका खुशी से खोजता है। सफल इंसान के मन में असफलता का डर, भय की भावना नहीं होती। सफल इंसान परिस्थितियाँ और मन की स्थितियाँ सुधरने का इंतज़ार करने में सारी उम्र नहीं बिता देता बल्कि वह अपने मन के भावों को सफलता के आनंद से भर देता है। वह परिस्थितियाँ (वातावरण) और स्थितियाँ (अवस्था) तैयार करने में जुट जाता है। 'हम होंगे कामयाब बहुत जल्द, न कि एक दिन' यह उसका सफलता गीत होता है।

उसके मन का 'काश' का घोड़ा खुद-ब-खुद शांत हो जाता है और वह आकाश (परम आनंद, मौन) में विहार करने लगता है।

अपनी सफलता की तलाश को पूर्ण विराम लगाने हेतु तेजज्ञान ग्लोबल फाउण्डेशन द्वारा प्रकाशित पुस्तक पढ़ें, 'संपूर्ण सफलता का लक्ष्य'।

अध्याय ७

काश! मैं लड़का होती

सदियों से लड़कियों को लड़कों से कम आँका गया है। मानव समाज में उन्हें दूजा स्थान दिया गया है। एक तरफ दुर्गा, काली, लक्ष्मी, पार्वती आदि देवियों के रूप में उन्हें पूजा जाता है तो दूसरी ओर उन्हें अपने विकारों का शिकार बनाया जाता है।

आजकल आए दिन टी.वी. पर ये ही खबरें देखने को मिल रही हैं, ये ही खबरें अखबार की सुर्खियाँ बन रही हैं। हर जगह इसी बात की चर्चा है कि महिलाओं के साथ कैसी हिंसक, घिनौनी वारदातें हो रही हैं, महिलाएँ कितनी असुरक्षित हैं। पुरुष प्रधान समाज में महिलाओं को न्याय मिलना मुश्किल हो चला है। सबसे दुःखद बात यह है कि ऐसे कुकृत्यों के बावजूद वे सबूत के अभाव में दंड से बच जाते हैं।

समाज में फैली इस अराजकता के कारण माता-पिता परेशान होकर लड़कियों पर ही पाबंदियाँ लगाते हैं।

इसके अलावा समाज में फैली इस मान्यता के कारण लड़कों को घर में ज़्यादा अच्छी परवरिश दी जाती है क्योंकि लड़का वंश का नाम आगे चलाता है। लड़कियों के साथ भेदभाव किया जाता है। आज भी कई घरों में लड़कों एवं लड़कियों की जीवन-पद्धति के अलग-अलग मापदंड हैं।

आज के आधुनिक युग में एक ओर स्त्री-पुरुष समानता की बात की जाती है तो दूसरी ओर लड़कियों के साथ पक्षपात किया जाता है। ऐसे में क्या भला लड़कियों को लड़की होने का गर्व हो सकता है? जीवन बार-बार सोचने को मजबूर करता है कि –

'काश! मैं लड़का होती...' अगर होती तो इन बातों से बच जाती।

बेटी, रात नौ बजे से पहले घर पर आ जाना। भैय्या देर से आए तो चलेगा...।

बेटी, सादे कपड़ों में बाहर जाना, जमाना बड़ा खराब है। लोगों की नज़रें बुरी हैं।

बेटी, सुबह जल्दी उठने की आदत डालो, ससुराल में जाकर क्या नाक कटाना है?

बेटी, नौकरी करती हो, इतना कमाती हो फिर भी चौका-चूल्हा तो सँभालना ही है। घर के काम-काज नहीं सीखोगी तो कैसे निभेगा? ऑफिस से आकर लेट जाने की तुम्हारी यह आदत अच्छी नहीं है।

बेटी, तेरा भैय्या तो यहीं रहेगा, तू तो पराया धन है।

बेटी, कितना भी पढ़ लिख ले, तू लड़कों की बराबरी नहीं कर सकती। तू चाहे सब सीख ले फिर भी लड़कों सा आत्मविश्वास नहीं पा सकती।

बेटी, तेरा पैसा हम कैसे लें। तू तो इस घर की मेहमान है। तेरा पैसा लेंगे तो दुनिया क्या कहेगी?

बेटी, तेरे भैय्या को दुनियादारी निभाना है। उसे मजबूत होना चाहिए। जिम और पौष्टिक खाने की उसे ज़्यादा ज़रूरत है।

बेटी, जमाना खराब है, लड़कों की बराबरी न कर...

'काश मैं लड़का होती...' तो मुझे यह सब न सुनना पड़ता। इतने नियम-कायदों में न बँधना पड़ता, अपने मन को यूँ न मारना पड़ता। काश मैं लड़का होती तो पाबंदियों से मुक्त स्वतंत्र जीवन जीती... पक्षियों की तरह चहचहाती... खुले आसमान में उड़ती।

लेकिन आपके अस्तित्व (सेल्फ) की आवाज़ क्या कहेगी? अब यह राग आलापना बंद करो। लड़का और लड़की के अधिकारों के लिए लड़ना बंद करके पहले आप जो हो, उसे स्वीकार करो। एक जाग्रत इंसान बनो। जाग्रति के नाम पर पुरुषों से प्रतिशोध लेने के प्रयास को छोड़ो। एक अति से निकलकर, दूसरी अति में न जाओ।

स्त्री और पुरुष सिर्फ शरीर के नहीं बल्कि अद्भुत गुणों के प्रतीक हैं। गुणों की प्रधानता के कारण ही पुरुष या स्त्री का शरीर निर्धारित होता है। निस्वार्थ प्रेम, सहनशीलता, दया, त्याग आदि नारी के प्रधान गुण हैं, जबकि साहस, कठोरता, कर्मठता पुरुष के गुण हैं। दुर्भाग्य से आज इंसान गुण छोड़कर रूप में उलझ गया है और इसीलिए भेदभाव, पक्षपात जैसी बातें सामने आई हैं।

इंसान के रूप में आप तब जाग्रत होंगे, जब आप चेतना के बारे में समझेंगे। तब आपका ध्यान स्त्री और पुरुष समानता पर नहीं बल्कि अपनी चेतना की दौलत को सँभालने की ओर होगा। आध्यात्मिक विकास हर मनुष्य की, चाहे वह स्त्री हो या पुरुष पहली प्राथमिकता होनी चाहिए। यही उसका इस पृथ्वी पर आने का लक्ष्य है।

स्त्री की उच्चतम संभावनाओं को खोलने के लिए तेजज्ञान ग्लोबल फाउण्डेशन द्वारा प्रकाशित पुस्तक पढ़ें, 'आज की नारी और आप आत्मनिर्भर कैसे बने'।

अध्याय ८

काश! मैं लंबा होता

कम लंबाई रखनेवाले इंसान की हर असफलता के पीछे, हर अधूरे अरमान के पीछे एक ही आह निकलती है... फिर चाहे वह स्कूल की बास्केट बॉल मैच हो, चाहे लॉन्ग जम्प की प्रतियोगिता हो, तेज दौड़ की शर्त हो, क्लास में लास्ट बेंच पर बैठने की बात हो, हेड बॉय का चुनाव हो, घर में माँ को अटरिया से कुछ निकालना हो, क्रिकेट की टीम में तेज गति से बॉलिंग डालनी हो, लड़कियों पर रौब जमाना हो, कॉलेज में अपनी धाक जमानी हो, नाटक, प्ले में अभिनय करने की बात हो, आत्मविश्वास से इंटरव्यू देने की बात हो, ऑफिस में अपने आस-पास के लोगों को दबाव में रखना हो, शादी के बाजार में अपना सिक्का चलाना हो, एक अदद रौबीले व्यक्तित्व का मालिक बनना हो, सबके आकर्षण का केंद्र बनना हो, वह आह है...

काश! मैं लंबा होता...

यह 'काश' ऐसा काश है, जो हमेशा काश! ही रहेगा। कुदरत ने मुझे जो लंबाई दी है, वह कभी बदल नहीं सकती और मेरे उपरोक्त सारे अरमान कभी पूरे नहीं हो सकते। क्या कोई ऐसा रास्ता है, जो मुझे इस काश! से बाहर निकाले? या मैं इन सारे अरमानों को हसरत भरी निगाहों से देखते-देखते ही बूढ़ा हो जाऊँगा?

जीवन की हर छोटी-बड़ी घटना में रह-रहकर मेरी ऊँचाई मुझे मुँह चिढ़ाती है। और मैं मन मसोसकर रह जाता हूँ। अपनी ही नज़रों में गिर चुका हूँ... मैं एक असफल इंसान हूँ।

काश के पीछे ना भागो, हल मिलेगा ज़रूर

कभी तो कबीर की पंक्तियों को, याद करो हुजूर

बड़ा हुआ तो क्या हुआ जैसे पेड़ खजूर

पंछी को छाया नहीं फल लागे अति दूर।

जरा गौर फरमाइए, आप चाहते हैं उतने लंबे होकर भी क्या ज़रूरी है कि आप वह सब पा जाते, जो पाना चाहते हैं? ऐसे कितने ही लोग हैं जो सामान्य से लंबे होते हुए भी वह सब प्राप्त नहीं कर पाते, जो उन्होंने सोचा हो। यदि पा भी जाएँ, तो क्या वे अपने आस-पास खुशियाँ फैलाने में कामयाब हुए हैं? लंबा होना हमारे जीवन का लक्ष्य नहीं है, खुश रहना और खुशियाँ फैलाना हमारा जीवन लक्ष्य है।

आप कितने लंबे हैं, इस पर आपकी उपलब्धियाँ निर्भर नहीं करतीं बल्कि आपका चैतन्य ज्ञान कितना लंबा हुआ (बड़ा) है, यह आपकी लंबाई को निर्धारित करता है। अतः काश! मैं लंबा होता... के फंदे में न पड़ते हुए अपनी नींव* को मजबूत करें।

---

*नींव मजबूत करने हेतु अधिक मार्गदर्शन पाने के लिए तेजज्ञान ग्लोबल फाउण्डेशन द्वारा प्रकाशित पुस्तक 'नींव नाइन्टी, टॉप टेन' अवश्य पढ़ें।

अध्याय ९

काश! लोग हरदम मुझे अच्छा कहें

प्रत्येक मनुष्य की यह दिली इच्छा होती है कि लोग उसे सच्चा, अच्छा कहें। कई बार तो उसका सारा जीवन इसी इच्छा से प्रेरित होता है। लेकिन दुनियादारी निभाते हुए लोभ, ईर्ष्या, क्रोध आदि भावनाओं के प्रकट होने से वह कई लोगों को गलत प्रतिसाद दे बैठता है और कई दुश्मन मोल लेता है। अंदर से तो सबका चहेता बनने की उसकी प्रबल इच्छा होती है। अतः उसके मन में 'काश! सब मुझे अच्छा कहें' का विचार जोर मारता है। इसके चलते वह अपने अंदर विद्यमान कई अवगुणों को छिपाने की कोशिश में लगा रहता है।

इंसान का नकली मुखौटे पहनने का खेल बचपन से ही शुरू हो जाता है। जब उसे अपने व्यक्ति होने का आभास शुरू होता है तब से वह खुद को दूसरों से कम और ज़्यादा के मापदंड पर आँकता है। वह सामनेवाले पर अपना प्रभाव कैसे छोड़े इसलिए झूठ बोलना, लच्छेदार बातें बनाना शुरू करता है। यहीं से छवि का निर्माण प्रारंभ होता है। परंतु यह प्रक्रिया जानबूझकर नहीं होती बल्कि पहले तो यह स्वतः अर्थात बेहोशी में तैयार होती है। लेकिन बाद में इंसान अपनी छवि को असरदार बनाने के लिए उसे और भी बेहतर बनाने का प्रयास करता है। परिणामतः यही क्रिया जीवनभर निरंतरता से जारी रहती है।

देखा जाए तो हर इंसान का जीवन किसी अभिनय से कम नहीं है। इंसान एक-दूसरे के सामने अलग-अलग पात्र बनकर व्यवहार करता है और वैसे ही जीता है। खुद को डर और असुरक्षा से बचाने, अपनी कमजोरियों को छिपाने तथा दूसरों की दृष्टि में अच्छा दिखने के लिए वह एक नई पहचान गढ़ता है, जिसे वह इतनी गहराई से अपना लेता है

कि वह और उसकी पहचान एक-दूसरे के पर्याय बन जाते हैं।

उसे कोई बुरा न कहे, उसकी साफ-सुथरी छवि पर किसी प्रकार का प्रहार न हो, इसके लिए वह ना-ना तरह के झूठ भी बोलता है।

इंसान अपनी छवि को लेकर बड़ा संवेदनशील होता है। जिसे बचाने के चक्कर में वह अपनी पसंद के कार्य भी नहीं कर पाता। मजबूरीवश पूरा जीवन वह वही सब करता है, जिसमें उसकी रुचि नहीं होती। ऐसा करते-करते उसके शरीर के भीतर भी वैसी ही अवस्था तैयार होती जाती है। भविष्य में अगर उसे अपना पसंदीदा काम करने का मौका मिलता भी है तो वह उसका लाभ नहीं ले पाता। क्योंकि तब तक उस काम में उसकी रुचि समाप्त हो चुकी होती है। परिणामतः उस शरीर में जो जन्मजात गुण मौजूद थे, उन गुणों को प्रकट होने का मौका ही नहीं मिलता। जिस वजह से उसकी सारी संभावनाएँ खुल नहीं पातीं, शरीर से जो अभिव्यक्ति हो सकती थी, वह नहीं हो पाती और इस कारण जीवन में परिपूर्णता का अभाव रहता है... जीवन अधूरा महसूस होता है।

जरा सोचें कि 'काश! लोग मुझे अच्छा कहें' की चाहत में इंसान खुद का कितना बड़ा नुकसान कर लेता है। वह अपने लिए नहीं बल्कि लोगों की नज़रों में बेहतर साबित होने के लिए अपना जीवन न्यौछावर कर देता है। ऐसे में वह न खुद खुश रह पाता है और न औरों को खुशी दे पाता है। आप ही बताइए, क्या आप इसी के लिए पृथ्वी पर आए हैं? नहीं न! तो सबसे पहले यह दिखावटी जीवन जीना बंद कर दें।

'काश! लोग हरदम मुझे अच्छा कहें' से मुक्त होने के लिए पहले पहल इंसान को अपने बीते हुए जीवन पर दृष्टि डालनी होगी। उसे जानना होगा कि घर में, ऑफिस, बाज़ार, पार्टी में, किसी अमीर इंसान के सामने कब उसकी छवि धूमिल होती है तथा इसके निराकरण के लिए वह कौन-कौन से उपाय करता है? और वास्तव में उसे क्या करना चाहिए?

साधारणतः इंसान अपनी इमेज से इस कदर जुड़ा हुआ होता है कि स्वयं और इमेज दोनों में फर्क जान पाना उसके लिए कठिन हो जाता है। बड़े पद पर कार्यरत होने की वजह से और अपने ऊपर चिपके लेबल से उसे बड़ा लगाव होता है। ऐसे में यदि कोई उसकी तारीफ कर दे तो उसे लगता है कि उसकी छवि को चार चाँद लग गए और वहीं अगर कोई कुछ बुरा कह दे तो वे शब्द उसे ना-गवार होते हैं। कुछ गलत कहा नहीं कि उसे अपनी छवि मलिन होती दिखाई देती है। बड़े ओहदे का अहंकार दुःख का सबसे बड़ा कारण बनता है।

'काश... मैं लोगों की नज़रों में चढ़ा रहूँ' के बदले आपको अपनी नज़रों में उठना है। यह काश... का राग आलापना बंद करें। और जुट जाएँ वह सब करने के लिए जो आपको खुशी प्रदान करता है, फिर चाहे दुनिया की नज़रों में वह काम छोटा क्यों न हो। अपने बड़े ओहदे के बावजूद आप अहंकार न रखते हुए जरूरतमंदों की मदद करना चाहते हैं तो ज़रूर करें, झूठी शान को छोड़कर सरलता और सादगी से रहना चाहते हैं, ज़रूर रहें। अपना अतिरिक्त समय क्लब, पार्टियों में जाने के बदले सेवा कार्य में बिताना चाहते हैं तो ज़रूर बिताएँ। लोग मुझे क्या कहेंगे की परवाह न करते हुए अपनी नज़रों में उज्ज्वल बनें।

अध्याय १०

काश! मैं माँ का लाड़ला होता

बचपन में हर बच्चा अपनी माँ का दुलारा, आँखों का तारा होता है। किंतु बड़े होने के बाद जब वही माँ उसे डाँटती है, अपने से दूर कर देती है, सीने से नहीं लगाती तब बच्चा माँ की यह बेरुखी झेल नहीं पाता क्योंकि बड़ा होने के बावजूद भी वह खुद को भीतर से मासूम सा बच्चा ही समझता है। अतः वह अपने जीवन में वैसी ही परिस्थितियों को दोबारा लाना चाहता है ताकि उसे माँ का लाड़-प्यार मिलता रहे, वह माँ का लाड़ला बना रहे। हालाँकि यह उसका बचपना है मगर यही उसकी दिली तमन्ना रहती है।

अधिकांश लोग अपने बचपन से ऊपर नहीं उठ पाते, शरीर से बड़े होकर भी वे औरों से प्यार पाने के लिए बचकानी हरकतें करते रहते हैं।

'काश! मैं माँ का लाड़ला होता' इस चाहत की वजह से वयस्क होने पर वह अपने जीवन साथी से भी वैसे ही व्यवहार की अपेक्षा रखता है, जैसा व्यवहार उसकी माँ, उसके साथ किया करती थी। पहले वह माँ के पास था फिर दूर हो गया परिणाम स्वरूप वह अपने जीवन में ऐसे इंसान को आकर्षित करेगा, जो पहले उसे अपने से दूर करे, फिर उसे पास करे।

इंसान के 'काश...' में उलझने का एक मात्र कारण है अपने हृदय पर रहने की चाहत होना। असल में उसकी यही चाहत होती है कि वह हमेशा हृदय पर रहे। क्योंकि वहाँ पर वह खुद को सुरक्षित महसूस करता है, वहाँ पर उसे किसी नकली मुखौटे की आवश्यकता नहीं पड़ती। किसी झूठ, कपट के सहारे की ज़रूरत महसूस नहीं होती। मगर अज्ञान के चलते इंसान को यह कारण समझ में नहीं आता।

यही अवस्था उस बच्चे की होती है, जो बड़ा होकर अपनी माँ के प्रेम से खुद को वंचित महसूस करता है अर्थात हृदयस्थान से हटा महसूस करता है। इस वजह से काश... का बंदर उसके मन में उछल-कूद मचाता है।

उसके मन में यह भाव प्रबल होता जाता है कि 'अब माँ मुझे अपने सीने से नहीं लगाती, वह मुझे अपने से दूर कर देती है' और इसी 'दूर' की फीलिंग के कारण वह अपने जीवन में एक ऐसे इंसान को आकर्षित करता है, जो उसे अपने करीब नहीं आने देता। अकसर लोग शिकायत करते हैं कि उन्हें अपनी पत्नी अथवा पति से कोई खास लगाव नहीं है। अब आपको इसका असली कारण समझ में आया होगा।

इंसान अपने अंदर बचपन की दबी पड़ी चाहतों से अनजान है। वह शरीर से तो बड़ा हो चुका है लेकिन खुद को अंदर से छोटा बच्चा ही महसूस करता है। वह अपनी बचपन की अधूरी इच्छाओं को अपने माता-पिता से पूरी करवाना चाहता है और काश की कश्ती में सफर करने लगता है। उसकी समझ कच्ची होने की वजह से वह जान ही नहीं पाता कि आज उन इच्छाओं को पूरा करने की आवश्यकता नहीं रही। अतः अब समय आया है पुराने दृष्टिकोण को बाजू में रखकर नए सिरे से सोचने का कि 'अब मेरा जीवन कैसा हो, मैं अपने 'काश' से भविष्य का निर्माण करूँ या भविष्य को अपने बीते कल से मुक्त करूँ?'

जाहिर सी बात है आप अपने भविष्य को 'काश' के भूत से मुक्त कर दें। ऐसा न हो कि 'काश' आपके भविष्य का निर्माण करने लगे। इससे आपके जीवन में वे ही बातें और घटनाएँ होंगी, जो आप कभी नहीं चाहते। इसलिए 'काश' के भूत से पीछा छुड़ाना बहुत आवश्यक है। होना यह चाहिए कि आपकी वर्तमान की समझ ही आपका भविष्य बनाए तो जो भविष्य होगा वह बहुत सुंदर होगा।

अध्याय ११
काश! मैं सुंदर होता

इंसान की सोच यहीं तक सीमित है कि बाहरी रंग-रूप, ऊँचे महँगे वस्त्रों से निखरता है, लोग प्रभावित होते हैं, काम जल्दी होते हैं आदि।

कुछ लोग अपने व्यवसाय की माँग के अनुसार अपना व्यक्तित्व बदलते हैं। कुछ लोगों की चाहत होती है कि 'काश! सब मेरी तारीफ करें।' इन बातों के चलते इंसान अपने पसंदीदा फिल्मी कलाकार से प्रभावित होकर उसके जैसे दिखने का प्रयास करता है और अपने बाहरी व्यक्तित्व को चमकाने में लगा रहता है। इसे ही वह अपना विकास समझ लेता है। मगर आपको इस 'काश' से आगे बढ़ना है।

एक कॉस्मैटिक सर्जन ने लोगों के चेहरों से दाग-धब्बे, चोट के निशान मिटाकर, विकृत अंगों को ठीक करके उनकी मानसिकता में क्या परिवर्तन आता है, इसका अभ्यास किया। इन प्रयोगों से उसे लोगों की छवि में बहुत बड़ा सकारात्मक परिवर्तन दिखाई दिया।

एक इंसान की आत्मछवि बहुत कमज़ोर थी, वह इन विचारों से परेशान रहा करता था जैसे, 'लोग मुझे महत्त्व नहीं देते... मेरे काम आसानी से नहीं होते... मैं लोगों के सामने जाने से कतराता हूँ... लोग मेरे चेहरे की खामियों को ही देखते रहते हैं...' आदि। प्लास्टिक सर्जरी के ज़रिए जब उसकी खामियाँ ठीक कर दी गईं तो देखते ही देखते उसकी छवि, व्यवहार, चाल-ढाल तथा उसके आत्मविश्वास में आश्चर्यजनक बढ़ोतरी हो गई। सभी ने देखा कि कैसे बाहरी कायाकल्प से जीवन में बदलाव आने लगते हैं। ऐसे में लोगों को यह उपाय सरलतम लगता है कि 'बाहरी छवि बदलो और दुःख से मुक्त हो जाओ।'

'काश! मैं सुंदर होता' के चलते आज हरेक अपनी छवि को सँवारने में लगा हुआ है, दूसरों की नज़रों में अच्छा दिखने का प्रयास कर रहा है। जैसे कोई सुंदर दिखने के लिए मेकअप का सहारा लेता है, कोई बोलचाल में सुंदर शब्दों का प्रयोग करता है, कोई शिष्टतापूर्ण व्यवहार करता है। हर इंसान को लगता है कि उसका यह उपाय काम का है क्योंकि इसी से उसका मूल्यांकन किया जाता है।

असलियत यह है कि छवि को पार करने के बाद ही इंसान को वास्तविक चित्र दिखाई देता है। छवि को लेकर जो आपसी वाद-विवाद पहले चला करते थे, समझ मिलने के बाद वे खत्म हो जाते हैं। सच खुलने के बाद पता चलता है कि 'वह इंसान वैसा नहीं है, जैसा मुझे लग रहा था।'

आज तक शरीर पर शोध कार्य होता रहा है। शारीरिक विकृतियों को ठीक करते ही जब लोगों की छवि निखर जाती है तो वे अपने दुःख से बाहर आ जाते हैं। जिन लोगों को लगता है कि उनके दुःखों का कारण वे लोग हैं, जो उन्हें हीन दृष्टि से देखते हैं तो वे जान लें कि वास्तव में उनकी तथाकथित कथा (अनुमान) ही उनके दुःख का कारण थी। क्योंकि बहुत जल्द उन्हें इसका बोध होता है कि सिर्फ चेहरे बदलने से दुःख से मुक्ति नहीं होती। काया से संबंधित कुछ ही दुःखों से छुटकारा मिलता है लेकिन मन तो वैसा का वैसा ही रहता है। 'काश' में अटका रहता है।

कहने का तात्पर्य है कि इंसान कहीं का भी निवासी हो भारत, अमेरिका या किसी अन्य देश का, उसका मन वैसे का वैसा ही रहता है। प्रयोग करके देखा गया कि शारीरिक विकृतियों से परेशान लोग विकृतियाँ ठीक हो जाने पर अपने हृदयस्थान से जुड़ गए। इंसान के अपने हृदयस्थान से हटने के अनेकों कारण हो सकते हैं। कुछ लोग अपने गुणों, पारिवारिक पृष्ठभूमि, सामाजिक प्रतिष्ठा आदि बातें मन माफिक न होने के कारण हृदयस्थान से दूर होते हैं। ऐसे लोगों को शारीरिक सुंदरता से विशेष लेना-देना नहीं होता। इनका चेहरा खूबसूरत कर भी दिया जाए, फिर भी उनके 'काश' वैसे के वैसे बने रहते हैं।

चेहरा बदलने के बाद इंसान के जीवन में जो बदलाहट आनी चाहिए थी, वह नहीं आती क्योंकि जब तक उन्हें 'काश' की समझ नहीं मिलती, विचारों में परिवर्तन नहीं आता, छवि में भी बदलाहट नहीं आती।

बाहर की चीज़ निमित्त बनती है लेकिन सभी के लिए नहीं। चेहरा बदलने के बाद भी यदि इंसान के 'काश' में फर्क न पड़े, उसका व्यवहार न बदले तो इसका मतलब कुछ और है, जिसे बदलना चाहिए।

लोगों की आत्मछवि के मनोविज्ञान पर कार्य हुआ तो पता चला कि लोगों की आंतरिक छवि को बदलकर ही 'काश' की घुड़दौड़ को रोका जा सकता है।

अतः हरेक में यह समझ हो कि मनुष्य, जो पोशाक धारण कर पृथ्वी पर आया है, वह तब तक नहीं बदल सकता, जब तक वह पृथ्वी पर है, जब तक उसके पृथ्वी से वापस जाने का वक्त नहीं आता। छवियाँ बदलती जाती हैं, एक चेहरे पर कई सारे नकली चेहरे लगाए जा सकते हैं। जब छवि को किसी की तारीफ मिलती है, तब वह चमचमाती है। जब उसे बुरे या अपशब्द मिलते हैं तो उसकी चमक फीकी पड़ जाती है। यह हरेक के साथ होता रहा है और आगे भी होता रहेगा। मगर आज की समझ के अनुसार छवि को देखने का दृष्टिकोण बदल जाए। छवि के पार भी जाया जा सकता है और इसके पार जाने का तरीका है 'मैं कौन हूँ?'✻ को जानना। यह ध्यान विधि आप अगले भाग में जानेंगे। इसी से आप अपने असली स्वरूप पर लौट सकते हैं, जिससे हर दुःखदायी छवि से मुक्ति संभव हो सकती है।

इसके लिए आपको अपनी वास्तविक छवि तथा दिए गए मार्गदर्शन के जोड़ से अपने हृदय स्थान को जोड़ना है। जिस प्रकार इंसान अपने दोनों हाथ जोड़कर प्रार्थना की भाव मुद्रा में आता है, ठीक उसी प्रकार जब वह अपने हृदय स्थान से जुड़ता है, अपना तालमेल बनाता है तब कुदरत भी उसे संकेत देती है कि 'अब दोनों एकरूप हो चुके हैं', जिसके पश्चात जीवन में चमत्कार घटित होने लगते हैं। हालाँकि होना तो यह चाहिए कि इंसान को सिर्फ इसी बात के लिए दृढ़ इच्छा शक्ति विकसित करनी चाहिए। जब दृढ़ इच्छा शक्ति जाग्रत होती है तब इंसान दृढ़ता पूर्वक निर्णय ले पाता है कि अब सकारात्मकता के साथ ही जीना है। फिर हर दृश्य में प्रेम, आनंद, मौन की प्रकट होगा।

✻मैं कौन हूँ? की समझ एवं ध्यान विधि जानने हेतु पढ़ें अध्याय १४ 'काश मैं से मुक्ति ध्यान', पृष्ठ संख्या ५४।

अध्याय १२
इच्छाओं से योग्य मुक्ति, करें काश की छुट्टी

जीवन में काश की कतार क्यों चलती है? यदि उसमें से कुछ काश पूरे होकर खत्म भी हो जाएँ तो उतने ही और नए काश तैयार होकर खड़े हो जाते हैं। इस तरह काश की कतार कभी समाप्त नहीं होती। कहने का अर्थ है यदि सब कुछ इंसान के मन-मुताबिक हो भी जाए तो भी वह कभी संतुष्ट नहीं होता। एक इच्छा पूरी होते ही नई इच्छा पनप जाती है। ऐसे इंसान के साथ वही होगा, जो एक चूहे के साथ होता है।

एक बार एक चूहा किसी जादूगर से मिला। वह इस बात से परेशान था कि बिल्ली उसे खाने के लिए उसके पीछे पड़ी रहती है। अतः उसने जादूगर से कहा कि वह उसे बिल्ली बना दे। जादूगर ने उसकी बात मान ली और चूहे को बिल्ली बना दिया। लेकिन फिर एक दिन एक कुत्ता उसके पीछे पड़ गया। ऐसे में चूहा किसी तरह जान बचाकर भागा। तब उसने सोचा, 'काश.. वह बिल्ली के बजाय कुत्ता बना होता।' अतः उसने जादूगर से कहा कि वह उसे कुत्ता बना दे क्योंकि कुत्ता बिल्ली से ज़्यादा ताकतवर होता है।

जादूगर ने चूहे को कुत्ता बना दिया। उसे लगा कि 'अब तो अच्छा है, मोहल्ले में कुत्ते खुलकर घूमते हैं, मैं भी यही करूँगा। पहले बिल में रहता था पर अब खुलकर घूमूँगा।'

फिर एक दिन एक गाय ने उसे सींग मार दिया। उस पल उसे लगा, 'काश..वह कुत्ते के बजाय गाय बना होता।' अतः वह वापस जादूगर के पास जाकर बोला, 'गाय कुत्ते से ज़्यादा शक्तिशाली है, मुझे गाय बना दो।' जादूगर ने उसे गाय बना दिया।

फिर एक दिन वह घास चरते-चरते जंगल तक चला गया और उसके सामने अचानक एक शेर आ गया। उसे वहाँ से भागना पड़ा। अब उसकी नई इच्छा शेर बनने की थी अतः उसने फिर से जादूगर की मदद ली और शेर बन गया। शेर बनकर उसने देखा कि शेर तो इंसान से डरता है। उसने सोचा, इंसान ज़्यादा शक्तिशाली है इसलिए मुझे इंसान बन जाना चाहिए। फिर इंसान बनकर उसने देखा कि इंसान गर्मी से यानी सूरज से बड़ा परेशान है, वह फिर से जादूगर के पास गया और बोला कि 'मुझे सूरज बना दो।' जादूगर ने उसे सूरज बना दिया।

फिर उसने देखा, सूरज को बादल ढक रहे हैं। अतः चूहे ने जादूगर से कहा, 'मुझे बादल बनना है क्योंकि बादल सूरज से ज़्यादा शक्तिशाली होता है।' बादल बनकर उसे पता चला कि हवा आकर बादलों को उड़ा देती है, टिकने ही नहीं देती। फिर वह जादूगर से कहकर हवा बन गया। इसके बावजूद उसने देखा कि हवा पहाड़ को हिला नहीं सकती तो उसे लगा कि पहाड़ ज़्यादा ताकतवर है। उसने वापस जादूगर से माँग की कि 'मुझे पहाड़ बना दो।' वह पहाड़ भी बन गया लेकिन इसके बाद फिर एक बार वह जादूगर के पास गया और बोला कि 'मैं तो सब कुछ बनकर देख चुका लेकिन फिर भी संतुष्टि नहीं मिली।'

इस पर जादूगर ने उससे कहा, 'तुम्हें कुछ भी बना दिया जाए तो भी तुम संतुष्टि प्राप्त नहीं करनेवाले क्योंकि तुम्हारा दिल चूहेवाला ही है। बाकी सब बदल गया लेकिन दिल नहीं बदला।' इसलिए जादूगर ने उसे दोबारा चूहा बना दिया।

अब आप समझ गए होंगे कि जब तक दिल चूहेवाला (असंतुष्ट) हो, तब तक बाकी बदलावों से कुछ नहीं होता। संतुष्टि उसे ही मिलती है, जिसने अपने हृदय की सुनी।

जादूगर ने जैसे ही चूहे को वापस पहाड़ से चूहा बना दिया तब से वह उसी पहाड़ के तल में सुरंग खोदने लगा और यह सोचकर खुश हुआ कि उसने पहाड़ पर भी विजय प्राप्त कर ली है।

'काश' के विचारों में उलझकर इंसान ऐसी ही नकली विजय के भ्रम में चूहा ही बने रहना चाहता है। जीवन में लोग न जाने क्या-क्या बन जाते हैं लेकिन उनका दिल नहीं बदलता। मनचाहा पाकर भी उन्हें संतुष्टि नहीं मिलती। असंतुष्ट रहना ही उनकी आदत बन जाती है। लेकिन आपका दिल बदल गया तो आप कहीं पर भी, किसी भी हाल में संतुष्टि का आनंद ले पाएँगे।

आप जानते हैं कि चूहे के अंदर जगी चाहत, 'मैं बिल्ली बन जाऊँ' के पीछे की

वजह उसका डर है। आप भी बहुत कुछ बनना चाहते हैं तो खुद से पूछें कि 'कहीं यह चूहे की चाहत तो नहीं है कि मैं यह बन जाऊँ, मैं वह बन जाऊँ ?' अपनी चाहत के पीछे के कारण को समझें कि कहीं यह चाहत डर, लालच या कामचोरी की वजह से तो नहीं जगी है? यदि इन कारणों से चाहत जगी है तो समझ जाएँ कि अंदर कोई विकार है, जो बेमतलब की चाहतों को जन्म दे रहा है। विकार के साथ अज्ञान भी है, जो बता रहा है कि इस चाहत के पूरी होने से समस्या सुलझ जाएगी।

'मैं बिल्ली बन गया, बिलगेट बन गया तो फलाँ समस्या सुलझ जाएगी', ऐसा सुनने में बिलकुल तर्कसंगत लगता है मगर ऐसा होता नहीं। एक समस्या सुलझती है तो दूसरी आ खड़ी हो जाती है, जैसा चूहे के साथ हुआ। अतः आपकी हर चाहत के पीछे खोज होनी चाहिए कि 'कहीं यह चूहे की चाहत तो नहीं है?' ज़रा सोचिए, चूहे की भाँति चाहत जगने का कारण क्या हो सकता है? हर इंसान का एक पैटर्न होता है। पैटर्न से ही चाहतें जगती हैं। इंसान उस पैटर्न की सेवा में लगा होता है और उसे वह पैटर्न बिलकुल सही लगता है क्योंकि उसी से खुद की सुरक्षा का फॉर्मूला बना होता है।

जीवन में इच्छाएँ रखने में कोई दिक्कत नहीं है। सिर्फ इस बात को ध्यान में रखें कि आप कौन सी बातें या इच्छाएँ बार-बार दोहरा रहे हैं। आप जो दोहराते हैं, वही आपकी आदत बन जाती है और आपका अंतर्मन उसे पूरा करने में आपको सहयोग करता है। अंतर्मन आपका खामोश सेवक है, वह यह नहीं देखता कि आपकी आदत सही है या गलत। वह बस उन्हें यांत्रिक तरीके से पूरा करता रहता है। इसलिए आपके गलत पैटर्न भी पक्के और गहरे हो जाते हैं। अतः आप पहले ही यह तय कर लें कि 'अब मुझे होशपूर्वक चीज़ें दोहरानी हैं। भविष्य में मैं जो चाहता हूँ, मेरा अंतर्मन वही सीखे। मैं वही बार-बार दोहराऊँगा तो आश्चर्य घटित होगा।'

मन, अंतर्मन, इच्छा, आदत, काश... ये सारी बातें बहुत गहरी हैं। इन्हें समझकर ही इच्छा और इच्छा मुक्ति से संबंधित स्पष्टता मिल सकती है ताकि खाली समय में जब आप किसी विचार को दोहराएँगे तो आप सजग हो जाएँगे कि अंतर्मन इसकी आदत बना रहा है। केवल खाली समय के कारण आप बेवजह ही इसे दोहरा रहे हैं। जैसे :

एक घने जंगल में एक इच्छापूर्ति वृक्ष था। उसके नीचे बैठकर जो भी किसी चीज़ की इच्छा करता था, वह उसे तुरंत मिल जाती थी। यह बात बहुत कम लोग जानते थे क्योंकि उस घने जंगल में जाने की हिम्मत कोई नहीं करता था।

एक बार संयोग से एक थका हुआ आदमी उस वृक्ष के नीचे आराम करने के लिए

बैठ गया। उसे पता ही नहीं चला कि कब उसकी नींद लग गई। जब वह जागा तो उसे बहुत भूख लग रही थी। उसने आस-पास देखकर कहा, 'काश! मुझे थोड़ा स्वादिष्ट भोजन मिल जाए!' तत्काल स्वादिष्ट पकवानों से भरी थाली हवा में तैरती हुई उसके सामने आ गई। उस आदमी ने भरपेट खाना खाया और भूख शांत होने के बाद सोचने लगा, 'काश कुछ पीने को मिल जाए!' तत्काल उसके सामने हवा में तैरते हुए कई तरह के शरबत आ गए। शरबत पीने के बाद वह आराम से बैठकर यह सोचने लगा, 'कहीं मैं सपना तो नहीं देख रहा हूँ? हवा में से खाना और पानी प्रकट होते हुए पहले तो कभी नहीं देखा, न ही सुना। ज़रूर इस पेड़ पर कोई भूत रहता है, जो मुझे खिला-पिलाकर बाद में मुझे खा लेगा।' ऐसा सोचते ही तत्काल उसके सामने एक भूत आया और उसे खा गया।

इस प्रसंग से आप यह सीख सकते हैं कि आप जिस चीज़ की प्रबल कामना करेंगे, वह आपको अवश्य मिलेगी। अधिकांश लोगों को जीवन में बुरी चीज़ें इसलिए मिलती हैं क्योंकि वे अज्ञान और डर की वजह से बुरी चीज़ों की ही कामना करते हैं। जैसे कोई सोचे, 'कहीं बारिश में भीगने से मैं बीमार न हो जाऊँ?' और वह बीमार हो जाता है। इंसान सोचता है, 'कहीं मुझे व्यापार में घाटा न हो जाए?' और घाटा हो जाता है। इंसान सोचता है, 'मेरी किस्मत ही खराब है' और उसकी किस्मत सचमुच खराब हो जाती है। इंसान सोचता है, 'कहीं मेरा बॉस मुझे नौकरी से न निकाल दे' और बॉस उसे नौकरी से निकाल देता है।

इस तरह आप देखते हैं कि आपका अवचेतन मन इच्छापूर्ति वृक्ष की तरह आपकी इच्छाओं को ईमानदारी से पूर्ण करता है। इसलिए आपको अपने मस्तिष्क में विचारों को सावधानी से प्रवेश करने की अनुमति देनी चाहिए। कहने का तात्पर्य है कि अगर आपके अंदर गलत विचार जाएँगे तो उसके गलत परिणाम ही मिलेंगे। विचारों की दिशा पर काबू रखना ही अपने जीवन पर काबू करने का रहस्य है। आपके विचारों से ही आपका जीवन या तो स्वर्ग बनता है या नरक। उनकी बदौलत ही आपका जीवन सुखमय या दुःखमय बनता है। विचार जादूगर की तरह होते हैं और उन्हें बदलकर आप अपना जीवन बदल सकते हैं।

यहाँ पर यह नहीं कहा जा रहा है कि इंसान को बिलकुल इच्छा नहीं रखनी चाहिए। हाँ, यह ज़रूर समझाया जा रहा है कि पूरी सजगता से, होश में रहकर इच्छा को समझते हुए, इच्छा रखनी चाहिए। पहले इच्छा, जीवन को आकार देती है और फिर जीवन इच्छा को आकार देता है। इंसान का जीवन इच्छा चलित हो जाता है। वह स्वयं को शरीर जानकर स्वार्थ से प्रेरित होकर व्यक्तिगत इच्छाएँ रखता है। फिर धीरे-धीरे उसके वश

होकर अपने जीवन की बागडोर इच्छाओं के हाथ में थमा देता है।

अंततः इंसान मात्र इच्छाओं का गुलाम बनकर रह जाता है। स्वार्थपूर्ण इच्छाओं से उसे हर हाल में दुःख ही मिलता है। पहली बात, उसे धीरे-धीरे इच्छा रखने की आदत हो जाती है, अतः उसे कभी संतुष्टि नहीं मिलती। दूसरी बात, यदि इच्छा पूरी न हो तो वह दुःखी हो जाता है। तीसरी बात, यदि इच्छा पूरी हो भी जाए तो इससे उसमें अहंकार बढ़ता है, साथ ही इच्छा से आसक्ति हो जाती है। अहंकार और आसक्ति दोनों आगे चलकर दुःख ही पैदा करते हैं।

ऐसे में मनुष्य के जीवन में एक लक्ष्य होना चाहिए किंतु वह इसे महत्त्व नहीं देता या उससे अनजान रहता है। जैसे, लोगों को कितने बच्चे होते हैं! उन्हें ज्ञात ही नहीं होता कि हमें जीवन में कौन सा लक्ष्य साधना है। यदि लक्ष्य पहले से ही तय किया होता तो इतने बच्चे पैदा नहीं होते। ठीक इसी प्रकार अज्ञान में मनुष्य ने निराधार इच्छाएँ उत्पन्न की हैं। किंतु वह इस बात से बिलकुल अनजान है कि ज़रूरत के बगैर इच्छा पैदा करना एक आदत बन जाएगी और आदत बन जाना किसी खतरे से कम नहीं। इंसान इच्छा पैदा करता है, उसे पूरी करता है, बात यहीं समाप्त हो जाती है। मगर जब इच्छा इंसान की वृत्ति बन जाती है तब वह संकट में पड़ जाता है।

अध्याय १३
उच्चतम लक्ष्य प्राप्ति का साधन-
प्रबल इच्छा

इच्छा में निर्माण करने की शक्ति होती है। प्रबल इच्छा ही सफलता की नींव है। प्रबल इच्छा के बिना कोई भी बड़ी चीज़ हासिल करना संभव नहीं है। जब तक इच्छा कमज़ोर रहती है तब तक मनुष्य उसे साकार करने की दिशा में खास कोशिश नहीं करता है। लेकिन जब इच्छा प्रबल हो जाती है तो वह अपनी पूरी ताकत लगा देता है और पीछे लौटने के सारे विकल्प खत्म कर देता है। प्रबल इच्छा किसी भी क्षेत्र में सफलता पाने का मूल मंत्र है क्योंकि इससे जबरदस्त एकाग्रता, ऊर्जा और शक्ति प्राप्त होती है। सफल लोगों की यह नसीयत कभी न भूलें, 'प्रबल इच्छा का अर्थ है एक लक्ष्य बनाना, फिर उस लक्ष्य तक पहुँचने की कार्य-योजना बनाना और इसके बाद उस काम में तब तक जुटे रहना, जब तक कि लक्ष्य हासिल न हो जाए।' इसलिए आपको स्वार्थपूर्ण इच्छा के बजाय शुभ इच्छा को बल देना है, उसे प्रबल बनाना है। शुभ इच्छा इंसान के जीवन में स्थायित्व (स्टेबलाइजेशन) लाने एवं उसे बल देने का कार्य करती है। यह इंसान के जीवन को सही मोड़ देती है और उसके बाद अपनी भूमिका खत्म होने के बाद स्वतः समाप्त हो जाती है। यह आपके अहंकार, आसक्ति या दुःख का कारण नहीं बनती। शुभ इच्छा आपको उस ऊँचाई पर पहुँचाती है, जहाँ आप तेज इच्छा रखना शुरू कर देते हैं। तेज इच्छा अव्यक्तिगत इच्छा होती है, जो ईश्वर की अभिव्यक्ति का हिस्सा है। यह ईश्वरीय गुणों को प्रकट करनेवाली इच्छा है, जो स्वयं को जान लेने के बाद जगती है।

आज की युवा पीढ़ी अपने लक्ष्य को लेकर भ्रमित रहती है। आज यदि उन्हें अपना लक्ष्य नहीं मिला है तो कोई बात नहीं। कम-से-कम वे यह तो तय कर ही सकते हैं कि इस साल हमें कौन सा लक्ष्य साधना है। क्योंकि जब वे कोई लक्ष्य सामने रखेंगे तभी तो उस लक्ष्य पर विचार कर, उस संबंध में मनन कर सकेंगे। अपना लक्ष्य तय करने का

लक्ष्य सभी के पास होता है। अतः 'काश! मैं ऐसा होता... वैसा होता...' या मेरे सामने कोई लक्ष्य नहीं है', यह बहाना बनाने की गुंजाइश ही नहीं बचती। यदि शुभ-इच्छा जगी तो अपना लक्ष्य अपने आप मिल जाता है।

अपना लक्ष्य निर्धारित करने के लिए सबसे पहले अपने शरीर के स्वभाव का अध्ययन कर, स्वयं से सवाल पूछें कि 'मैं कौन हूँ और मैं जो हूँ, वह बनकर जीने के लिए मैं कौन सा कार्य कर सकता हूँ?' ऐसा पूछकर अपने हृदय की आवाज़ सुनें। वहाँ से आपको सर्वश्रेष्ठ मार्गदर्शन प्राप्त होगा। धीरे-धीरे आपको लक्ष्य के लिए स्पष्टता मिलेगी और उसकी ओर बढ़ने के लिए कार्य आरंभ हो जाएगा, लक्ष्य में मदद करनेवाली आदतों का निर्माण होगा।

अपनी इच्छा पहचानें

इच्छाएँ अनंत प्रकार की होती हैं, किस वक्त कैसी इच्छा जगी है, यह जानने के लिए इच्छाओं को समझना आवश्यक एवं महत्वपूर्ण होता है। यह इच्छा कौन सी है? स्वार्थपूर्ण है या अव्यक्तिगत? शुभ है या अशुभ? स्वयं को क्या मानकर आप इच्छा को पाल रहे हैं? स्वयं को शरीर मानकर इच्छा रखी है या स्वयं की स्पष्टता के साथ कोई इच्छा जगी है, यह समझना ज़रूरी है।

ये बातें आपकी समझ में आ गईं तो आप कहेंगे, 'मेरी इच्छा पूरी हो या न हो, प्रोसेस में जो भी ईश्वरीय इच्छा है, वह पूरी हो।' एक समझदार इंसान क्या करेगा? वह इस समझ के साथ हर घटना को स्वीकार करेगा कि जो कुछ हो रहा है, उसमें ईश्वर की इच्छा ही पूरी होनेवाली है। अतः किसी भी तरह का व्यवधान न लाते हुए शुभेच्छा पर कार्य करते रहें। अपनी और ईश्वर की इच्छा को एक करके मज़े से देखें। फिर आप चुंबक (सकारात्मक) बनकर आनंद पा सकेंगे। वरना इंसान के मन में ना-ना तरह की चाहतें जागती हैं।

जैसे एक इंसान सोचता है, 'मैं एक ऐसा होटल बनाऊँगा जो अब तक लोगों ने देखा न हो। समुद्र के अंदर या आकाश में एक हैंगिग होटल बनाऊँगा...। जिसे देखकर सारी दुनिया दाँतों तले उँगली दबाए। उस होटल में देश के प्रतिष्ठित लोग ही आएँगे।' यह चाहत उस इंसान की समझ को बयान करती है। जिससे यह पता चलता है कि वह लोगों की किन ज़रूरतों को देख पा रहा है! अर्थात वह लोगों की कौन सी ज़रूरतें पूरी करना चाहता है! और उन्हें पूरा करके वह अपनी कौन सी ज़रूरत पूरी कर रहा है!

वास्तव में देखा जाए तो लोगों की बाहरी ज़रूरतों को पूरा करने के लिए करोड़ों

लोग बैठे हैं। इसलिए आप उन ज़रूरतों पर ध्यान न दें। आप उनकी कुछ ऐसी ज़रूरतें पूरी करें, जिन पर कोई नहीं सोच रहा है। कई बार तो लोग स्वयं अपनी ज़रूरतों से अनजान रहते हैं। अकसर निजी चाहतों के ढेर में तेज चाहत दब जाती है। दिखावटी सत्य इतना हावी हो जाता है कि चारों तरफ लोगों को नया थिएटर खोलते देख... मल्टीप्लेक्स बनाते देख... होटल का निर्माण करते देख इंसान को लगता है कि 'मैं भी ऐसा ही कुछ निर्माण करूँ?' इन्हीं चाहतों के तले मूल चाहत, तेजचाहत दब जाती है। जो अन्य चाहतों की तुलना में सबसे महत्वपूर्ण है।

तेजचाहत की चाहत रखनेवाले यह देखें कि आप मार्केट में जाते हैं तो वहाँ आपकी कौन सी चाहत जगती है? कौन सा काश उभरकर आता है। हर जगह पर अपने आपको देखें, मॉल में, सिनेमा घर में या आप घर पर है तो टी.वी. के सामने, रेडियो के सामने, पड़ोसी के सामने... हर जगह अपनी चाहत का मुआयना करें। सब तरह के लोगों के सामने खुद को देखें कि वहाँ पर आपकी कौन सी इच्छाएँ जग रही हैं? तेजइच्छा कहाँ जग रही है? तेजइच्छा यानी सभी इच्छाओं से परे, शुभेच्छा। वह जगनी चाहिए।

जब आप ध्यान में बैठते हैं तो ऐसा क्या देखते हैं, जिसकी वजह से तेजचाहत जगती है? वहाँ आपको ऐसा क्या दिखाई देता है? जब आप तेजस्थान के संपर्क में आते हैं तो मुक्त यानी अहंकार रहित, 'वास्तव में जो मैं हूँ', वह अवस्था आ जाती है। यह अवस्था हमेशा रहेगी तो ही तेजचाहत का निर्माण होगा। ऐसी अवस्था सिनेमा घर में नहीं आनेवाली। सिनेमा घर में हर सीन के साथ कौन सी चाहत जगती है? 'काश! मेरे पास भी ऐसी ड्रेस होती... काश! मैं भी ऐसे डॉयलॉग्स बोल पाता ... काश! मैं भी ऐसे निडर होकर लोगों से बात कर पाता ... मेरी त्वचा भी ऐसी कोमल होती, मैं भी सुंदर दिखती' इत्यादि। इस तरह देखेंगे कि हर सीन देखने के साथ इंसान के मन में नई-नई चाहत जग रही है। ऐसे में कोई इंसान जब 'मेरा' या 'मेरी' शब्द कह रहा होता है तो उसे पता भी नहीं होता कि वह यह शब्द किसके लिए कह रहा है।

अतः यह कहते ही कि 'जो मैं वास्तव में हूँ, वही बनकर ज़्यादा से ज़्यादा जीऊँ', आपको फिर पूछना पड़ेगा कि 'मैं कौन हूँ? और जो मैं हूँ, क्या उसके लिए मायावी इच्छा काम की है?' तब आपको पता चलेगा कि यह इच्छा कोई काम की नहीं है। इस समझ के साथ आप मायावी इच्छा से मुक्त हो जाएँगे। वरना इंसान की हमेशा यह चाहत रहती है कि काश उसे कभी दुःख न आए। जबकि असल में दुःख वैसा है नहीं। जीवन में आनेवाले दुःख के पीछे कौन सा सत्य छिपा है, यह न जानने के कारण लोग उसे दुःख का नाम दे देते हैं। दुःख तो केवल एक अवस्था है, दुःख तो केवल संदेश है।

इंसान खुशी को छोड़कर जा रहा है तो उसे वापस बुलाने के लिए दुःख एक पुकार है। इंसान को पता नहीं चलता कि कब, किस बात पर उसका अहंकार जाग उठता है और वह नाराज हो जाता है। इसलिए दुःख पुकार देता है कि 'तुम वापस अपनी जगह पर आओ, वापस शांति के साथ जुड़ो।' दुःख तो यह बताने के लिए आता है कि 'जीवन की गाड़ी में पेट्रोल भरवाने का समय आया है, समझ का पेट्रोल खत्म हुआ है, श्रवण से उसे भर दो।' दुःख तो फीडबैक है, जो बताता है कि इंसान के अंदर निम्न अवस्था चल रही है, अंदर चेतना हिल गई है।

उच्च चेतना के साथ दुःख से सदा के लिए मुक्त होने हेतु यह पंक्ति सदा याद रखें, 'तुम्हें जो लगे अच्छा, वही मेरी इच्छा।' ऐसा कहने पर आप हर दुःख से बाहर आ जाएँगे। यह पंक्ति याद रहेगी तो आपको दुःखद विचारों से बाहर आने से कोई रोक नहीं सकता।

इसी के साथ आपको यह सोचना चाहिए कि 'मैं जो वास्तव में हूँ, वही बनकर ज़्यादा से ज़्यादा जीऊँ।' यह निर्णय आपको आप जो हैं, वही बनकर जीने के लिए काम आएगा। फिर आप अहंकार की सेवा बंद कर, आप जो हकीकत में हैं, वह बनकर जीना चाहेंगे।

अध्याय १४
काश मैं से मुक्ति ध्यान

ज्ञान के अभाव में हर इंसान अपने आपको शरीर मानता है, जबकि वह हमेशा अपने शरीर के लिए कहता है- 'यह मेरा शरीर है।'

यहाँ पर सोचने और मनन करनेवाली बात यह है कि यदि इंसान कह रहा है, 'यह मेरा शरीर' तो इसका सीधा सा अर्थ बनता है, 'मैं इससे अलग हूँ।' जैसे मेरे वस्त्र, मैं नहीं हो सकता। जब मेरे वस्त्र किसी कारणवश फट जाते हैं तब मैं यह नहीं कहता कि 'मैं फट गया।' उसी तरह मेरा शरीर मैं नहीं हो सकता। लेकिन शरीर में दर्द होते ही इंसान कहता है, 'मुझे दर्द हुआ।' क्योंकि इंसान अपने आपको शरीर मान रहा है और यही मूल मान्यता है।

वास्तव में आप वस्त्र नहीं, वस्त्र का उपयोग करनेवाले हो। आप शरीर नहीं, शरीर को चलानेवाले चालक हो। जब आप साइकिल देखते हैं तब आप साइकिल किसे कहते हैं? साइकिल यानी क्या? क्या पहिया साइकिल है? नहीं, पहिया साइकिल नहीं है। हैंडल साइकिल हो सकता है? नहीं। पैंडल साइकिल नहीं हो सकता। बैठने की सीट भी साइकिल नहीं तो फिर साइकिल कौन? साइकिल सुविधा के लिए दिया हुआ एक शब्द है। उसी तरह 'मैं' भी सुविधा के लिए दिया हुआ एक विचार है।

अतः आपको समझना होगा कि आप अपने शरीर का सिर्फ इस्तेमाल कर रहे हैं, वह वास्तव में आप नहीं। आप कार चलाते हैं तो कभी यह नहीं कहते कि 'मैं कार हूँ' बल्कि हमेशा यही कहते हैं कि 'यह मेरी कार है।' अर्थात जिस चीज़ के साथ आपने 'मेरा' या 'मेरी' शब्द इस्तेमाल किया, वह आप नहीं हो सकते। उदा. 'मेरा घर, मेरी आँख, मेरे कपड़े' आदि आप नहीं हैं। इसी बात की दृढ़ता प्राप्त करने के लिए आगे दिया गया ध्यान

करें। इसे करने से पहले पूरी तरह पढ़ लें, समझ लें। फिर पुस्तक बाजू में रखकर, आँखें बंद कर सहज ध्यान मुद्रा में बैठें।

मैं कौन हूँ?

'मैं कौन हूँ' यह जानने से पहले अपने आपसे पूछें कि 'मैं क्या नहीं हूँ?'

जवाब कुछ इस तरह चलने चाहिए, जिन्हें पढ़कर आपकी सोच को दिशा मिलेगी।

१. 'मैं यह शरीर नहीं हूँ' क्योंकि जब मैं कहता हूँ कि यह मेरा शरीर है तो वह मेरा है, 'मैं' नहीं।

२. मेरा स्कूटर मैं नहीं हूँ कारण मैं स्कूटर चलाता हूँ और मैं स्कूटर से अलग हूँ।

३. मेरा घर 'मैं' नहीं हो सकता क्योंकि मैं कहता हूँ, मेरे घर आओ। मैं ऐसा नहीं कहता कि मुझ में आओ।

४. इस शरीर की पंच इंद्रियाँ – नाक, कान, आँख, जुबान, त्वचा, मैं नहीं हूँ क्योंकि मैं इनका इस्तेमाल करता हूँ।

५. मैं इंद्रियों के संबंध में आनेवाली चीज़ें नहीं हूँ, जैसे रंग, रूप, आवाज़, सुगंध, स्वाद, स्पर्श।

६. मैं साँस भी नहीं हूँ, जिसकी वजह से यह शरीर चल रहा है। मैं साँस लेता हूँ, साँस मुझे नहीं लेती।

७. मैं मन भी नहीं, जो सोचता है कि मुझे क्या होना चाहिए या क्या नहीं होना चाहिए।

८. मैं बुद्धि भी नहीं हूँ, जो गहरी नींद में शरीर सहित गायब रहती है। दिनभर बुद्धि मैं इस्तेमाल करता हूँ, मेरी बुद्धि मेरी गुलाम है, मैं बुद्धि का गुलाम नहीं।

ऊपर बयान किए गए तथ्य से यदि यह साबित होता है कि मैं शरीर, मन, बुद्धि नहीं हूँ तो बाकी बचा ही क्या जो मैं हो सकता हूँ? इसका जवाब है – आप ही तो बचे बाकी...आप ही तो हैं पंचशरीर और बुद्धि के मालिक। आप ही तो मन (विचारों) के साक्षी हैं। इसे गहराई से यूँ समझें –

इस तरह मनन द्वारा ध्यान करते-करते आप हर लेबल, कथा, काश और मान्यता से परे चले गए हैं। तो अब आप कौन हैं, इस सवाल पर ध्यान करें।

१. अगर आप शरीर नहीं रहे तो आप इंजीनियर, डॉक्टर, नेता, दुकानदार, कर्मचारी, टीचर, विद्यार्थी कहाँ रहे!

२. आप कहाँ रहे भाई, बहन, माँ-बाप, दोस्त, पति, पत्नी, शिष्य, गुरु!

३. आप कहाँ रहे काले, गोरे, नाटे, मोटे, लंबे!

४. आप कहाँ रहे मराठी, गुजराती, बंगाली, पंजाबी, अंग्रेजी, मद्रासी, पारसी, मारवाड़ी!

५. अगर आप शरीर नहीं तो कौन होगा हिंदू, मुस्लिम, सिख, ईसाई, चीनी, जापानी!

६. आप कहाँ रहे हँसमुख-गंभीर, होशियार-मंद, सकारात्मक-नकारात्मक, चुस्त-सुस्त, ईमानदार-बेईमान, दयावान-निर्दयी!

७. अब आप ही तो बचे शुद्ध खालिस कोरे, बिना रंग रूप की कल्पना के। इसी अनुभव में कुछ समय बैठे रहें।

अपने असली रूप को स्वीकार करें और वह जैसा है, वैसे ही रहें। 'मैं शरीर हूँ' की मान्यता के कारण आप जो नहीं हैं, वह बन बैठे हैं। अब समय आया है अपनी चेतना में स्थापित होने का। आप जो वास्तव में हैं, वह होने का। तेजआनंद और आज़ाद। मुक्त और प्रेमयुक्त। वर्तमान साक्षी!

अध्याय १५

पहला सवाल

मेरे मन में हरदम यह खयाल आता है कि काश! मेरी और एक औलाद होती। आज की तारीख में मेरी एक बेटी है और अब मैं चाहती हूँ कि उसे एक भाई या बहन मिल जाए, जिससे वह अकेलापन महसूस न करे। कृपया इस पर मार्गदर्शन दें।

जवाब : यदि कुदरत के अनुसार बच्चे का साथ देने के लिए भाई या बहन चाहिए तो वे आ ही जाएँगे। इंसान अपने हिसाब से अनुमान लगा लेता है कि 'बच्चा अकेला पड़ जाएगा इसलिए उसे कोई न कोई साथी चाहिए।' लोग इस तरह की भयानक कथाएँ बनाकर दुःखी होते रहते हैं।

वास्तव में इंसान को अपनी ही जरूरतों का पता नहीं होता तो वह कैसे किसी दूसरे की जरूरत समझ पाएगा? यदि आपके जीवन में दूसरे बच्चे की आवश्यकता होगी तो वह आ ही जाएगा, आपको इसकी चिंता करने की कोई आवश्यकता नहीं है।

आप समय रहते देख रहे हैं कि पृथ्वी पर हर कार्य बड़ी सुंदरता से चल रहा है। जब जिसकी आवश्यकता होती है, वह चीज स्वतः ही आ जाती है। माँ-बाप बच्चों को संसार में लाने के लिए निमित्त बनते हैं। अर्थात वे बच्चों को संसार में आने के लिए प्रवेश-द्वार का कार्य करते हैं। अतः औरों के दो या दो से ज्यादा बच्चों को देख-देखकर दुःखी होने के बजाय यह सोचकर आनंद लें कि सभी आपके ही बच्चे हैं।

आज के दौर की एक दिखावटी समस्या लोगों को दिखती है कि आबादी बढ़ती जा रही है। लोग उसमें उलझकर सोच रहे हैं कि खाने के लिए मुँह ज्यादा हैं और निवाले कम। उनके मन में यह सवाल आता रहता है कि 'ऐसे में इस बढ़ती हुई जनसंख्या की रोक-थाम कैसे की जाए?' एक ओर इंसान ऐसी सोच रखता है तो दूसरी ओर वह अपने लिए एक से ज्यादा बच्चों की कामना करता है।

इंसान अपने सीमित दृष्टिकोण से इतना ही सोच पाता है, जबकि इस सवाल का उच्चतम जवाब यही है कि 'आज की तारीख में जितनी आबादी होनी चाहिए, उतनी है...

जितने बच्चे होने चाहिए, उतने हैं।' इसका अर्थ यह कतई नहीं है कि लोगों को परिवार-नियोजन नहीं करना है। बढ़ती आबादी की रोक-थाम के लिए कुछ उपाय नहीं करने हैं। प्रशासन का इन मसलों पर अपने तरीके से कार्य चलता रहेगा।

जब आप उच्चतम दृष्टिकोण से देखते हैं तब आपको पता चलता है कि सब कुछ कुदरत की सुंदर व्यवस्था के अंतर्गत चल रहा है। कुदरत अपनी आवश्यकतानुसार कार्य करती रहती है। कुदरत द्वारा सब कुछ संतुलित तरीके से चल रहा है, वहाँ पर कुछ भी कम या ज्यादा नहीं है, सब कुछ भरपूर है। जिस प्रकार पृथ्वी पर एक साथ बहुत बड़ी तादाद में बच्चे पैदा हो रहे हैं, उसी प्रकार सुनामी जैसी प्राकृतिक आपदाओं के चलते एक साथ बहुत सारे लोग मृत्यु के मुख में समा जाते हैं। यह सुनकर किसी को बुरा लग सकता है कि इतने लोग मर गए। अगर इस घटनाक्रम को 'काश' से देखेंगे तो इंसान को दुःख हो सकता है और यदि आकाश यानी उच्च अवस्था से देखेंगे तो आश्चर्य होता। अतः आपको भी आकाश यानी उच्च स्तर से देखना सीखना है।

इंसान के मन में असंख्य संकुचित विचार चलते रहते हैं। जैसे 'अरे! ईश्वर को यह नहीं करना चाहिए था, धरती नहीं फटनी चाहिए थी, भूकंप नहीं आना चाहिए था, सूखा नहीं पड़ना चाहिए था, ऐसी बारिश नहीं होनी चाहिए थी' इत्यादि। वास्तव में ऐसे विचार उठते ही उसे खुद से सवाल पूछना चाहिए कि 'इन विचारों से मुझे आनंद प्राप्त हुआ या दुःख?'

तात्पर्य- कुदरत अपने हिसाब से कार्य करती रहेगी मगर आपने तो अज्ञान के चलते अपने जीवन में दुःखों का कारखाना खोल दिया और उसे चलाते जा रहे हैं। बात अगर इतनी होती तो भी ठीक थी मगर आगे उस कारखाने की शाखाएँ भी खुलती जा रही हैं, जिसके परिणामस्वरूप दुःखों का बड़े पैमाने पर उत्पादन होने की संभावना बन गई है। इंसान को बताया जाए कि 'ऐसे कारखाने की शाखाएँ नहीं खोलनी हैं अपितु कारखाने पर ही ताला लगा देना उचित होगा।

पूरे स्पष्टीकरण से आपको समझ में आ गया होगा कि कभी भी इच्छाओं को पालकर दुःख नहीं मनाना है।

अध्याय १६

दूसरा सवाल

विद्यार्थियों में अच्छे अंक (मार्कस्) को लेकर तथा युवा पीढ़ी में अपने आजीविका लक्ष्य को लेकर बहुत से काश सुनने को मिलते हैं- जैसे 'काश ! मुझे ज्यादा अंक मिले होते तो मैं फर्स्ट आता... नौकरी (जॉब) अच्छी मिली होती... मैं अभी जिस ओहदे पर हूँ, उससे बेहतर ओहदे पर होता' वगैरह-वगैरह। कृपया इस पर मार्गदर्शन दें।

जवाब : विद्यार्थी में ज्यादा प्रतिशत अंकों को लेकर जो तनाव बढ़ता है, उससे वे अपने आनंद को खुद से दूर कर देते हैं, यदि उन्हें यह दिखाई देने लग जाए कि यह तनाव उनका नुकसान ही कर रहा है तो वे उससे बचने का प्रयास करेंगे। यदि कोई भी विद्यार्थी तनाव-रहित रह पाता है तो उसे पूरा पाठ्यक्रम याद रहता है और वह अच्छे अंक प्राप्त कर पाता है। जब विद्यार्थी आनंदपूर्वक परीक्षा की तैयारी करता है तो उसके परिणाम अंकों के रूप में भी अच्छे आते हैं।

मन यह मानकर बैठता है कि अच्छे प्रतिशत अंक मिलने पर ही अच्छी नौकरी मिलती है। बेहतर यही होगा कि इंसान जल्द से जल्द ऐसी मान्यताओं से छुटकारा पा ले। नौकरी मिले यह इच्छा रखना अच्छी बात है मगर इसे ही पक्का मानकर न बैठें क्योंकि बहुत से लोग पढ़े-लिखे न होने के बावजूद भी बड़ी-बड़ी उपलब्धियों को प्राप्त कर चुके हैं। अगर इस कथा से दुःख हो रहा है तो आपको तुरंत उस पर काम करना चाहिए। इसलिए आपको थोड़ा अवकाश (मनन ब्रेक) लेना चाहिए। यदि बार-बार कोई घटना और मन की कथा आपको दुःख दे रही है तो उसका त्याग करना ही हितकर है। इसी के साथ यह संकल्प लें कि

अब कोई भी 'काश' मुझे छू नहीं सकता...
आय एम गॉडस् प्रॉपर्टी, नो काश कैन टच मी।

यह पुस्तक पढ़ने के बाद आप अपने अभिप्राय (विचार सेवा) इस पते पर भेज सकते हैं :

Tejgyan Global Foundation,
Pimpri Colony Post office, P.O. Box 25,
Pune - 411 017. Maharashtra (India).

सरश्री

अल्प परिचय

स्वीकार मंत्र मुद्रा

सरश्री की आध्यात्मिक खोज का सफर उनके बचपन से प्रारंभ हो गया था। इस खोज के दौरान उन्होंने अनेक प्रकार की पुस्तकों का अध्ययन किया। इसके साथ ही अपने आध्यात्मिक अनुसंधान के दौरान अनेक ध्यान पद्धतियों का अभ्यास किया। उनकी इसी खोज ने उन्हें कई वैचारिक और शैक्षणिक संस्थानों की ओर बढ़ाया। इसके बावजूद भी वे अंतिम सत्य से दूर रहे।

उन्होंने अपने तत्कालीन अध्यापन कार्य को भी विराम लगाया ताकि वे अपना अधिक से अधिक समय सत्य की खोज में लगा सकें। जीवन का रहस्य समझने के लिए उन्होंने एक लंबी अवधि तक मनन करते हुए अपनी खोज जारी रखी। जिसके अंत में उन्हें आत्मबोध प्राप्त हुआ। आत्मसाक्षात्कार के बाद उन्होंने जाना कि अध्यात्म का हर मार्ग जिस कड़ी से जुड़ा है वह है - समझ (अण्डरस्टैण्डिंग)।

सरश्री कहते हैं कि 'सत्य के सभी मार्गों की शुरुआत अलग-अलग प्रकार से होती है लेकिन सभी के अंत में एक ही समझ प्राप्त होती है। 'समझ' ही सब कुछ है और यह 'समझ' अपने आपमें पूर्ण है। आध्यात्मिक ज्ञान प्राप्ति के लिए इस 'समझ' का श्रवण ही पर्याप्त है।'

सरश्री ने दो हजार से अधिक प्रवचन दिए हैं और अस्सी से अधिक पुस्तकों की रचना की है। ये पुस्तकें दस से अधिक भाषाओं में अनुवादित की जा चुकी हैं और प्रमुख प्रकाशकों द्वारा प्रकाशित की गई हैं, जैसे पेंगुइन बुक्स, हे हाऊस पब्लिशर्स, जैको बुक्स, हिंद पॉकेट बुक्स, मंजुल पब्लिशिंग हाऊस, प्रभात प्रकाशन, राजपाल ॲण्ड सन्स इत्यादि।

तेजज्ञान फाउण्डेशन – परिचय

तेजज्ञान फाउण्डेशन आत्मविकास से आत्मसाक्षात्कार प्राप्त करने का एक रास्ता है। इसके लिए सरश्री द्वारा एक अनूठी बोध पद्धति (System for Wisdom) का सृजन हुआ है। इस पद्धति को अन्तर्राष्ट्रीय मानक ISO ९००१:२००८ के आवश्यकताओं एवं निर्देशों के अनुरूप ढालकर सरल, व्यावहारिक एवं प्रभावी बनाया गया है।

इस संस्था की बोध पद्धति के विभिन्न पहलुओं (शिक्षण, निरीक्षण व गुणवत्ता) को स्वतंत्र गुणवत्ता परीक्षकों (Quality Auditors) द्वारा क्रमबद्ध तरीके से जाँचा गया। जिसके बाद इन पहलुओं को ISO ९००१:२००८ के अनुरूप पाकर, इस बोध पद्धति को प्रमाणित किया गया है।

फाउण्डेशन का लक्ष्य आपको नकारात्मक विचार से सकारात्मक विचार की ओर बढ़ाना है। सकारात्मक विचार से शुभ विचार यानी हॅपी थॉट्स (विधायक आनंदपूर्ण विचार) और शुभ विचार से निर्विचार की ओर बढ़ा जा सकता है। निर्विचार से ही आत्मसाक्षात्कार संभव है। शुभ विचार (Happy Thoughts) यानी यह विचार कि 'मैं हर विचार से मुक्त हो जाऊँ।' शुभ इच्छा यानी यह इच्छा कि 'मैं हर इच्छा से मुक्त हो जाऊँ।'

ज्ञान का अर्थ है सामान्य ज्ञान लेकिन तेजज्ञान यानी वह ज्ञान जो ज्ञान व अज्ञान के परे है। कई लोग सामान्य ज्ञान की जानकारी को ही ज्ञान समझ लेते हैं लेकिन असली ज्ञान और जानकारी में बहुत अंतर है। आज लोग सामान्य ज्ञान के जवाबों को ज़्यादा महत्त्व देते हैं। उदाहरण के तौर पर– कर्म और भाग्य, योग और प्राणायाम, स्वर्ग और नर्क इत्यादि। आज के युग में सामान्य ज्ञान प्रदान करनेवाले लोग और शिक्षक कई मिल जाएँगे मगर इस ज्ञान को पाकर जीवन में कोई बड़ा परिवर्तन नहीं होता। यह ज्ञान या तो केवल बुद्धि विलास है या फिर अध्यात्म के नाम पर बुद्धि का व्यायाम है।

सभी समस्याओं का समाधान है तेजज्ञान। भय से मुक्ति, चिंतारहित व क्रोध से आज़ाद जीवन है तेजज्ञान। शारीरिक, मानसिक, सामाजिक, आर्थिक और आध्यात्मिक उन्नति के लिए है तेजज्ञान। तेजज्ञान आपके अंदर है, आएँ और इसे पाएँ।

यदि आप ऐसा ज्ञान चाहते हैं, जो सामान्य ज्ञान के परे हो, जो हर समस्या का समाधान हो, जो सभी मान्यताओं से आपको मुक्त करे, जो आपको ईश्वर का साक्षात्कार कराए, जो आपको सत्य पर स्थापित करे तो समय आ गया है तेजज्ञान को जानने का। समय आ गया है शब्दोंवाले सामान्य ज्ञान से उठकर तेजज्ञान का अनुभव करने का।

अब तक अध्यात्म के अनेक मार्ग बताए गए हैं। जैसे जप, तप, मंत्र, तंत्र, कर्म, भाग्य, ध्यान, ज्ञान, योग और भक्ति आदि। इन मार्गों के अंत में जो समझ, जो बोध प्राप्त होता है,

वह एक ही है। सत्य के हर खोजी को अंत में एक ही समझ मिलती है और इस समझ को सुनकर भी प्राप्त किया जा सकता है। उसी समझ को सुनना यानी तेजज्ञान प्राप्त करना है। तेजज्ञान के श्रवण से सत्य का साक्षात्कार होता है, ईश्वर का अनुभव होता है। यही तेजज्ञान सरश्री महाआसमानी शिविर में प्रदान करते हैं।

महाआसमानी शिविर

यदि आपके पास सत्य प्राप्त करने की आकांक्षा अथवा इच्छा है तो महाआसमानी शिविर में आपका स्वागत है, जहाँ इस समझ में आपको सहभागी बनाया जाएगा। इस शिविर में भाग लेने के लिए आपको कुछ खास माँगें पूरी करनी हैं। जैसे –

१) आपको सत्य-स्थापना शिविर में भाग लेना होगा, जहाँ आप सीखेंगे – वर्तमान के हर पल को कैसे जीया जाए और निर्विचार दशा में कैसे प्रवेश पाएँ।

२) आपको कुछ प्राथमिक प्रवचनों में उपस्थित होना है, जहाँ आप उस समझ को आत्मसात करते हैं, जो आपने सत्य-स्थापना शिविर में प्राप्त की है और तब आप महाआसमानी शिविर के लिए तैयार होते हैं।

महाआसमानी शिविर में असली अध्यात्म और सीधा सत्य तीन भागों में बताया जाता है – १) हर वर्तमान पल को जीना, वर्तमान यानी न भूत का बोझ, न भविष्य की चिंता २) 'मैं कौन हूँ', यह अपने ही अनुभवों से जानना ३) स्वबोध की अवस्था में स्थापित होना। यह शिविर सरश्री की शिक्षाओं पर आधारित है।

स्वबोध यानी 'जो आप वास्तव में हैं' को जानने के लिए आए हुए सभी लक्षार्थियों के लिए यह महाआसमानी शिविर है। यह शिविर साल में तीन या चार बार आयोजित होता है, जिसका लाभ हजारों खोजी उठाते हैं।

यह शिविर चेतना की दौलत बढ़ाने के लिए तथा अंतिम सफलता पाने के लिए सत्य के हर खोजी के लिए अनिवार्य है। महाआसमानी शिविर में ईश्वरीय ज्ञान प्राप्ति (सेल्फ रियलाइजेशन) के बाद आप वह नहीं रह जाएँगे, जो आज आप हैं। आप नकली आनंद से दूर, असली आनंद के मार्ग पर चलने लगेंगे।

महाआसमानी ज्ञान पाने की तैयारी हर खोजी अपने नज़दीक के तेजस्थान पर कर सकता है। आप महाआसमानी शिविर की तैयारी फाउण्डेशन में उपलब्ध पुस्तकों, सी.डी. और कैसेट को सुनकर भी कर सकते हैं। इसके अलावा आप टी.वी. और रेडियो पर सरश्री के प्रवचनों का लाभ भी ले सकते हैं मगर याद रहे, ये पुस्तकें, कैसेट, टी.वी. व रेडियो के प्रवचन शिविर का परिचय मात्र है, तेजज्ञान नहीं। आप महाआसमानी शिविर में भाग लेकर

तेजज्ञान का आनंद ले सकते हैं।

मैं कौन हूँ? मैं यहाँ क्यों हूँ? मोक्ष का अर्थ क्या है? क्या इसी जन्म में मोक्ष प्राप्ति संभव है? यदि ये सवाल आपके अंदर हैं तो यह शिविर उसका जवाब है।

महाआसमानी शिविर आपके जीवन का लक्ष्य है क्योंकि यह शिविर आपको भयमुक्त और तनावमुक्त जीवन देता है, दुःख से मुक्त और दुःखी से भी मुक्ति देता है, सभी सम स्याओं का समाधान करता है, आपको नकारात्मक विचारों से निकालकर आत्मसाक्षात्कार कराता है तथा सीधा, सरल, शक्तिशाली और समृद्ध जीवन देता है।

महाआसमानी शिविर की तैयारी नीचे दिए गए स्थानों पर कराई जाती है। पुणे, मुंबई, दिल्ली, सांगली, कोपरगांव, बार्शी, सातारा, जलगांव, अहमदाबाद, कोल्हापुर, नासिक, अहमदनगर, औरंगाबाद, सूरत, बरोड़ा, बारामती, मालेगांव, नागपुर, हैदराबाद, भोपाल, रायपूर, चेन्नई।

इस महाआसमानी शिविर में भाग लेकर आप अपनी सत्य की खोज पूर्ण कर सकते हैं। इस शिविर के लिए भोजन और रहने की व्यवस्था की जाती है।

यदि आपको कोई शारीरिक बीमारी है और आप नियमित रूप से उसके लिए दवाई ले रहे हों तो कृपया अपनी दवाइयाँ साथ में लेकर आएँ। वातावरण अनुसार गरम कपड़े, स्वेटर, ब्लैंकेट आदि भी लाएँ।

महाआसमानी शिविर में भाग लेने के लिए संपर्क स्थान

पुणे सेंटर : विक्रांत कॉम्प्लेक्स, तपोवन मंदिर के नजदीक, पिंपरी, पुणे-४११ ०१७.

आगामी महाआसमानी शिविर में अपना स्थान आरक्षित करने के लिए संपर्क करें : ०२०-६७०९७७००/ ०९९२१००८०६०/७५, ९०११०१३२०८

महाआसमानी शिविर स्थान

महाआसमानी महानिवासी शिविर 'मनन आश्रम' पर आयोजित किया जाता है। यह आश्रम पुणे शहर के बाहरी क्षेत्र में पहाड़ों और निसर्ग के असीम सौंदर्य के बीच बसा हुआ है। इस आश्रम में पुरुषों और महिलाओं के लिए अलग-अलग, कुल मिलाकर ६०० लोगों के रहने की व्यवस्था है। यह आश्रम पुणे शहर से १७ किलो मीटर की दूरी पर है। हवाई अड्डा, हाइवे और रेल्वे से पुणे आसानी से आ-जा सकते हैं।

मनन आश्रम, पुणे, सर्वे नं. ४३, सनस नगर,
नांदोशी गांव, किरकट वाडी फाटा, तहसील - हवेली,
जिला : पुणे - ४११०२४. फोन : ०९९२१००८०६०

तेजज्ञान फाउण्डेशन – संपर्क स्थान

पुणे (रजिस्टर्ड ऑफिस) : विक्रांत कॉम्प्लेक्स, तपोवन मंदिर के नजदीक, पिंपरी, पुणे-४११ ०१७. फोन : ०२०-२७४११२४०, २७४१२५७६
मनन आश्रम : सर्वे नं. ४३, सनस नगर, नांदोशी गांव, किरकट वाडी फाटा, तहसील – हवेली, जिला – पुणे – ४११ ०२४. फोन : ०९९२१००८०६०

तेजज्ञान कार्यक्रम

* सोमवार से शनिवार शाम ६.३५ से ६.५५ संस्कार चैनल पर प्रवचन
* हर रविवार शाम ८.१० से ८.३० संस्कार चैनल पर प्रवचन
* हर मंगलवार सुबह ९.१५ रेडियो विविध भारती, एफ. एम. पुणे पर प्रवचन
* शुक्रवार, शनिवार, रविवार सुबह ९.१५ पर 'तेजविकास मंत्र' रेडियो विविध भारती, एफ. एम. पुणे
* हर शनिवार सुबह ८.५५ रेडियो एम. डब्ल्यू. पुणे, तेजज्ञान इनर पीस अॅण्ड ब्यूटी कार्यक्रम

नोट : उपरोक्त कार्यक्रमों के समय बदल सकते हैं इसलिए समय पुष्टि करें।

पुस्तकों से संबंधित अधिक जानकारी के लिए संपर्क करें

०९०११०१३२१० / ०९६२३४५७८७३

Online Shopping cart available. Visit us today : www.gethappythoughts.org

---

तेजज्ञान इंटरनेट रेडियो

* २४ घंटे और ३६५ दिन सरश्री के प्रवचन और भजनों का लाभ लें, तेजज्ञान इंटरनेट रेडियो द्वारा।

देखें लिंक – http://www.tejgyan.org/internetradio.aspx

---

e-book	: 'The Source', 'Complete Meditation', 'Self Encounter', 'Inner Magic', 'Beyond Life', 'Ultimate Purpose of Life','The Five Supreme Secrets of Life' & 'Tumhe Jo Lage Accha Wahi Meri Iccha' ebooks available on Kindle
Free apps	: U R Meditation & Tejgyan Internet Radio on all platforms like Android, iPhone, iPad and Amazon
e-magazine	: 'Yogya Aarogya' & 'Drushtilakshya'(Marathi) emagazines available on www.magzter.com
e-mail	: mail@tejgyan.com
website	: www.tejgyan.org, www.happythoughts.in

पुस्तकें प्राप्त करने के लिए नीचे दिए गए पते पर मनीऑर्डर द्वारा पुस्तक का मूल्य भेज सकते हैं। पुस्तकें रजिस्टर्ड, कुरियर अथवा वी.पी.पी. द्वारा भेजी जाती हैं। इसके लिए नीचे दिए गए पते पर संपर्क करें।

तेजज्ञान ग्लोबल फाउण्डेशन, पिंपरी कॉलनी, पोस्ट ऑफिस बॉक्स २५, पिंपरी-पुणे – ४११०१७ (महाराष्ट्र) मो.: ०९०११०१३२१०.

आप ऑन-लाइन शॉपिंग द्वारा भी पुस्तकों का ऑर्डर दे सकते हैं। लॉग इन करें – www.gethappythoughts.org पुस्तकें मँगवाने पर डाक-व्यय की छूट है और ४ से अधिक पुस्तकें मँगवाने पर डाक-व्यय के साथ १०% की भी छूट है।

विश्व शांति के लिए लाखों लोग प्रतिदिन सुबह और रात ९:०९ मिनट पर प्रार्थना करते हैं। कृपया आप भी इसमें शामिल हो जाएँ।

www.ingramcontent.com/pod-product-compliance
Lightning Source LLC
LaVergne TN
LVHW040201080526
838202LV00042B/3261
* 9 7 8 8 1 8 4 1 5 3 4 1 5 *